ハーブティーは三杯目

―86歳のラブレター―

上村 十三子

せせらぎ出版

ハーブティーは三杯目

―86歳のラブレター―

目次

Chapter

表紙絵・カット　上村 十三子

Chapter 1

四季の旬を味わう

今年も柚子を頂いた。十五個も。一つ二つなら冬至の柚子風呂用に取っておくのだが、十五個もあれば何かを作らねば。絞って柚子ポン酢？ いや、今年も頑張ってゆずジャムを作ろう。

まず柚子をきれいに洗って、皮をむき、袋と種を取り除く。種はあとで使うので取っておく。皮を千切りし、三回茹でこぼす。などなど結構面倒くさい。

凝った料理は苦手だが、料理は好きであれこれ作る。主に常備菜だが。

先日はちりめん山椒を作り、たくさん出来たので、近所の一人暮らしの女性に差し上げたら、

「あら！ ちりめん山椒って家で作れるのですか？」と、感動された。

「簡単よ。十分くらいで作れる」

山椒の実も毎年頂くので、茹でて冷凍してある。山椒は冷凍してもパラパラ状態だから便利だ。


「春はあけぼの」

春には、フキノトウを頂くので、フキ味噌を作る。春の料理の一番乗りだ。馥郁《ふくいく》たるいい香りがたまらない。ご飯は勿論、パンにも、お豆腐にものっけて頂く。春の山菜は香り高くそれぞれが独特の風味を持っていておいしい。この微妙なおいしさは日本人にしか分からないのではないか？友人が滋賀県のマキノにログハウスを持っていて、春には山菜を摘みに出かけた。コシアブラ、ぜんまい、ワラビ、タラの芽…。ふわっと揚げたてんぷらは絶品で、日本人でよかったと思うほどである。

琵琶湖畔にある持ち人知らずの竹藪へ出かけて破竹採りもした。ある時、藪の中で迷子になって、遭難しそうになった。携帯電話を必ず持っていくように言われ、そうしたが、自分のいるところは竹林の中で見えるのは空のみ、うろうろするうちやっと抜け出せたが、今思い出しても怖い体験だった。破竹は柔らかくて煮るといくらでも食べられる。

新ショウガが店に並べば、佃煮だ。これは作る人が少ないらしく、差し上げると喜んでくださる。ピリリと生姜の香りがしてご飯が進む。

らっきょうの酢漬け。白状すると、実はこれは全くの手抜き料理で、洗いらっきょうを買ってきて出来合いの酢に漬けるだけである。だがこれが結構いける。うちに来ていただいているヘルパーさんは、「高いらっきょうを買うより十三子さんのらっきょうが一番おいしい」と、うれしいことを言ってくれ、こちらも喜んで瓶に詰めて差し上げる。

タケノコも、知人が自宅の山で掘り出し、すぐに大鍋で湯がいたものを頂く。絶品である。タケノコごはん、煮物、てんぷら、などなどいろんな料理にアレンジして頂く。

最近はいかなごが不漁で諦めてしまったが、手に入った頃は七キロほど買ってきてせっせとくぎ煮を作ったものだ。一度に二キロずつ買ってきて、鍋二つを使い、同時に煮始める。加えるショウガはたっぷり目がおいしい。同時にスタートしても味に違いが出る。鍋の厚みなどが違うせいだろう。これもあちこちに差し上げるのである。


「夏は夜」

シソの葉を見つけたら、シソジュースをつくる。ちょっと甘めなので、糖尿病の私には過飲はよくないが、茹でたシソの葉を漉したところへクエン酸を入れると一瞬にしてきれいなワイン色のジュースが出来る。「わあ！　なんてきれい！」と、見惚れる。サイダーで割って氷をコロッと入れて飲むと爽やかで、夏の暑い頃にはお勧めの飲み物だ。今年は梅ジュースも作った。

夏は野菜がおいしい。キュウリ、ナス、トマト…だが最近は旬が無くなって、年中食べられるようになった。私の子どもの頃は、果物と言えば何処かに実っている柿くらいで、桃や、葡萄、イチジクなど店頭に並んでいなかった気がする。トマトやトウモロコシは近所から頂いていた。トウモロコシがたくさん実っている近所のおじさんのうちに行って「おっちゃん、なんば頂戴！」とせがんで、もらっていた。トウモロコシのことを疎開地のそこでは〝なんば〟といっていた。それを湯がいておやつにしていた。

トマトもおいしかった。今のように冷蔵庫もなかったが、日向臭い新鮮なトマトは格好のおやつだ。時々トマトに砂糖をつけて食べていた。とても甘くて大好きだった。今はトマトと言えば塩かオリーブオイルをつけて食べるものと決まっているが、たまに思い出して砂糖をつけて食べてみる。「おいしい！」友人にも勧めるがみんな「気持ち悪い！」と言って驚く。え！そんな食べ方、誰もしなかったですか？

ある時、電車に乗っていたら、若いご夫婦が向かいの席に座り、男性の方がトマトがいっぱい入った袋を提げていた。「あら、たくさんのトマト！　収穫してきたのですか？」「いいえ、買ってきたんです。僕、トマトが大好きなんで」「トマトにお砂糖つけて食べたことありますか？」「いいえ」「一個でいいから試してみて。お砂糖つけたらおいしいんですよ」「へえ？　一度試してみます」人のよさそうな男性だったから、きっと試みたに違いない。感想を聞きたかったなぁ！

「秋は夕暮れ」

秋と言えばサンマ、マツタケだが、サンマはいまや高級魚になって、しかもやせ衰えた細身の魚になり、マツタケは外国産が大半、国産なんて高くて口に入らない。その代わり果物は豊富だ。リンゴ、ミカン、葡萄…ジャム作りに忙しくなるシーズンだ。

「冬はつとめて」

おせち作り、おでん。

関西民放クラブの同好会に「丹波の黒豆を育てる会」というのがあ

り、なんでもやりたがりの私は仲間に入れていただいて、三田まで黒豆作りに出かけていた。六月に苗を植え、七月に雑草取りと追肥、十月には枝豆を収穫し、十二月の初め頃、黒豆の収穫だ。土に触れ苗を植え、時には鍬を振るう。自然に囲まれた畑で、おいしい空気を吸って楽しい作業だ。

枝豆の味は抜群。甘くてふっくらしていて、これでビールをグビ！たまりません。お正月用の黒豆も美味。三日かけて煮るのだが、「プロ並み！」と、いつもほめられる。これは豆がおいしいからだ。まして自分で育てた黒豆だから一層おいしい。

クリスマスケーキも手作りする。イチゴは、かつては五月頃が旬だったけれど、今ではクリスマスに合わせて栽培されている。

夫も亡くなっていたのに、六十歳を過ぎてから、料理教室に通った。誰もが知っているＡＢＣクッキングである。誰に食べさせるために今頃料理を習っているのだ？仕事をしている頃、同級生達が個人のお宅に料理を習いに行っているとのことで、うらやましかった。やっとリタイアして時間が出来たので習い始めたのだ。ここには、料理コース、パンコース、ケーキコースとあり、結局全部習った。だが、何を習得し、効果があったのか疑問である。

料理は、出来上がるのがお昼で、それを生徒みんなで頂く。おいしいけれどレッスン料を考えると五〇〇〇円くらいのランチ代になる。パンは、以前友達に教えてもらって作ったことがあるが見事に失敗。以来作ったことがない。小麦粉をこねるのは、陶芸でいつも土を練っているから出来るはず。

「こねて丸まったら次はV字に伸ばして…」ここらへんから???

それを発酵させていくのだがやはり面倒だ。幸い近所にちょっと有名なパン屋さんが出来たので、わざわざ作らなくてもいいや。というわけで、パンも習った後は一度も作っていない。

残ったのはケーキだ。レッスンでは毎回店頭に並べてもいいようなケーキが出来上がる。それを持ち帰り、紅茶などを入れて頂く。そして今でも作るのは、クリスマスにイチゴのスポンジケーキ、それとオレンジケーキ。時々シュークリームも。そしてイチゴ大福だ。

だが、イチゴケーキは、味はおいしいのだけれど、見てくれがど素人だ。十五センチのホールケーキにホワイトクリームを塗るとガタガタだし、スポンジケーキもふわっと焼けず、固くなってしまうことが多い。飾りつけのクリームの絞り出しも大きいのや小さいのやいろいろ。でもこんな失敗作でもおけいこ教室に持参すると喜ばれるのでつい作ってしまう。

シュークリームは何故かシューが膨らまない。何とかこじ開けてクリームを入れるけれど時にはペッタンコのシューになって、クリームを上に乗っけて食べることとも。これはシュークリームではない！　しかも何故か同じように作っているのに毎回出来不出来があるのがケーキ作りの難しさである。

最近決意した。シュークリームを成功するまで作り続けよう。いつか上手になるかも…。

年齢を重ねたり、お一人様になると、家でてんぷらを揚げなくなるそうだ。油の始末が大変だし、てんぷら鍋をひっくり返しでもしたら大ごとだ。でも私は今も月に一度くらいてんぷらを揚げる。必ず使うのは、エビ、イカ、サツマイモ、玉ねぎその他だが、ひと通り揚げたら大皿二つにてんこ盛りになる。そしていつものようにご近所の女性に声をかける。

「てんぷらを揚げたんだけど召し上がる？」。彼女は、お皿をもっていそいそとやってくる。てんぷらを揚げた後、天かすが出来るが、これがとってもおいしい。かつててんぷら屋さんやおうどん屋さんが、店で出来た天かすをビニール袋に小分けして、無料でプレゼントしてくれたものだが、最近はとんと見かけない。

てんぷらが余ったら、翌日天丼に変身させれば立派な晩ご飯になる。

そうそう、三月頃には高知から文旦が届く。見事な黄色の土佐の文旦。現役時代の仕事仲間であるテレビ高知の甲藤広子さんからの贈り物である。彼女とは、ＪＮＮ系の広報会議で知り合った。ＭＢＳは、かつてはNET系で、途中からJNN系に加わったので、新参者である。以前のいきさつなど知らない私は、理解出来ない決まりごとがあると、噛みついていた。全国の系列局の人たちは、TBSのおっしゃるままに従っていた。私のクレームに「快哉！」と、喜んでくれる人たちもいた。「よくぞ言ってくれた！」

そんな中、甲藤さんや、山陰放送の福田さゆりさんと仲良くなり、定年後も顔をあわせたり、連絡を取り合ったりして今に続いている。甲藤さんも定年を迎え、福田さんも間もなくだ。福田さんが設定してくれた鳥取の蟹旅行は、ほんとにおいしかった。あんなにおいしい蟹を堪能したのは、最初で最後だ。

甲藤さんから文旦を頂くのは、恒例になってしまった。分厚い黄色い皮をむくとふわふわの綿に包まれた果実が顔を見せる。水分たっぷりでしかもサクサクしていてオイシイ！　十個も頂くのでご近所や友達にお分けするが、ほんとは全部食べたい！　恐縮する私に、

「私は年賀状も出さないので、その代わりと思って…気にしない

で！」

甲藤さんはいつも元気いっぱいで近況を語ってくれる。年一回のお喋りに花が咲く。真似は出来ないが高知弁がとっても素敵だ。

最近同年代の友人たちは、食事作りが面倒だと、お弁当をとり始めたという人、出来合いのおかずを買うようになったという人、足が痛くて買い物にさえ行けなくなったという人が多くなった。ほんとに料理はめんどくさい。私も冷凍食品を利用したり、作り置きを何度も温めなおして食べることが増えてきた。おせちもいまや買うのが当たり前になってきた。いやそれ以前におせち料理は食べないという人も。孫たちが来ても焼肉や鍋物が中心なのだ。食べ物でさえ日本の伝統が消えつつあるのはさみしいことである。

Chapter 2

お星様が二つ

私たちの家族だった愛犬〝マリア〟が、遂に天に召された。十八歳六か月、ミニチュアダックスフントだ。友人宅で生まれたのをもらい受けた。マリアの親も、兄弟もすでに亡くなり、一番長生きしてくれたのだった。特に目立った病いはなく、老衰に近かった。

でも最後の数か月は、ペットフードは受けつけなくなり、食事は手作りした。サツマイモや犬の缶詰、ミンチ肉などで、お医者さんと相談しながら毎日作った。これだと喜んで食べてくれた。粗相も多くなったのでオムツをした。なんでも犬のオムツは高いので、赤ちゃん用のがいいよと教えられ、ゼロ歳児用のオムツをネットで買った。一日数回取り換えるのだが、マリアもだんだん慣れてきて、取り換える時、足を上げて履かせやすくしてくれた。愛おしかった。クールな友人は「無理に長生きさせないで自然に任せる方がいいよ」と、言っていたが、出来るだけ世話がしたかった。ペットショップでのシャンプーも断られた。高齢だからいつ不測の事態が起こるか分からないので、という理由である。確かにシャンプーはマリアにとっても疲れるかもしれないので、熱いタオルで拭いてやった。

そんなある日、スポイトで水を飲ませた後、しばらくして、息を引き取った。何一つ苦しまず静かに眠った。マリアを洗面台に乗せ、きれいに洗った後、段ボールに入れた。私が編んだ毛糸の洋服、タオル、オモチャ、すぐに買いに走ったお花をたくさん飾り付けて。

「ありがとうね、うちの子になってくれて。幸せをいっぱいくれたね」

大阪市のペット葬送車が、その日の夕刻やってきた。葬儀代は体重によって決まる。ここからはマリアはただの〝物〟である。行方不明になっても遺失物扱いだ。運転手さんはとても優しい方で、マリアを車に乗せた後、

「これで最後ですからお別れを言ってあげてください」

私と義妹は手を合わせ、

「マリアちゃん！　ありがとうね。安らかにね」と、別れを告げた。箕面に大阪市の亡くなったペットたちの共同慰霊場があり、そこに収められる。私設の葬儀場もあるが、私は車を持っていないので、どっちにせよ亡くなった後はお参りに行けない。以前飼っていた猫ちゃんの時は、そんな私設で個別に火葬していただいたが、手元に帰ってきたお骨を長い間家に祀っていたものの、結局そのお骨の処理に困った記憶がある。だから可愛いペットでも公立の施設にお任せすることにしたのだ。

しばらくは、友人たちに「マリアちゃんが亡くなったの」と、報告をする度に涙涙だった。毎月詣でている主人のお墓参りの時、

「マリアちゃんがそちらに逝ったから可愛がってあげてね」と伝えて、ハッと気が付いた。マリアは主人が世を去った後に我が家に来たのだ。夫は、マリアに会ったことはないのだ！　ああ、マリアちゃんは天国で迷子になっているに違いない！　どうしよう！と、また泣いてし

まった。

マリアの死を告げた相手に男友達のWさんがいた。彼は、まるで子どもを慰めるように、

「マリアちゃんはお星様になったのですよ」

まあ！　幼い子に言うみたいなことをと、笑っていたが、その夜から毎日空を見上げるようになった。北の空に少し大きな星を見つけた。名も知らないが、あれをマリア星に決めよう！　毎夜見上げて「マリアちゃん！　お休み！」って言っているうちに気が付いた。星は動いていくのである。マリア星はどんどん北の空から西へと去って視界から消えてしまった。バカでしょう？　天体は動いているのだ。仕方なくまた次の星を見つけてマリア星とした。

ところが私にマリアちゃんは星になったのですよと慰めてくれていたWさんが星になってしまった！

Wさんは、私が現役の頃、毎日放送の担当になった電通の人。仕事

を通じて知り合ったのだが、私は定年を迎え会社を去り、彼も配属が変わり、以来会うことはなかった。しかも私より十二歳年下である。

やがてWさんも定年になり会社を辞められた。そんなある日突然電話を頂き食事でもしましょうということになって久しぶりにお会いした。それから年に一回、やがて二～三回お会いするようになった。奈良に住んでおられ、歴史や社寺に詳しかった。私は時々「秋篠寺の伎芸天様に会いたくなったわ。連れてって」「和歌山の美術館が素敵らしいの。和歌山城にも行きたい」なんて言っては案内していただいた。誕生日にはお祝いの食事会も。時まさにコロナの時代とあって、そんなに会う機会もなかった。それに私はその頃奥様がおられると思い込んでいたから、お付き合いに遠慮もあった。

後はもっぱらLINEである。他愛もないお喋りを楽しんでいた。「今夜は、お好きなオリオン座がよく見えますよ」「クリスマスケーキを焼きました。おいしそうでしょ！」「吉野山へお花見に行ってきましたよ」私の友人が奈良で展覧会を催している時には、私の代わりに見に行ってきて！など、わがままばかり言っていた。

二〇二一年は、寅年だった。共に寅年だったので信貴山に初詣に行こうということになり、出かけたりもした。二〇二二年の十一月半ば、私の友人が奈良で写真展を開いた。その美術館は市内のはずれにあって、出かけるのが不安だったので、また連れてってと、ご一緒することに。元首相・安倍晋三氏が亡くなられた西大寺駅前の現場にも案内していただいた。その後お茶を飲んで、お喋りをした。

「僕、もうすぐ足の指を手術するのですよ」なんでも外反母趾とかで、私も彼も軽く受け止めていた。

十二月初め、手術は無事終わったとメールが来た。リハビリ頑張っていますと。

その後、「術後は順調ですか？」とメールしたけれど、返信が来ない？いつもはすぐ返ってくるのに。変だと思っているうち、新しい年を迎えた。いつも年賀状も頂いていた。ところが今年は来ない。変だ！やっぱり変だ！何度メールをしても返信なし。電話もしてみたが、留守電の録音がむなしく返ってくるのみ。きっと何か起こったに違いない！　でも、足の手術で何が起こる？　不安な日を過ごしていた私は思い切った手段に出た。警察に連絡して彼の住むマンションを訪ねてほしいとお願いをしたのだ。知人の警官は、そんなことで警察は動いてくれませんよと言っていたが、何故か自宅を訪ねてくれた。だが、

「行ってみましたが留守でしたよ。後は家族の方に連絡をしてください。我々が出来るのはここまでです。また、時々覗いてみます」

もう万事休す。なすすべはない。

二月初めにハガキが来た。「父は、昨年十二月に亡くなりました」という息子さんからの訃報だった。でも私は納得がいかなかった。息子さん宛に、縷々手紙を書いた。お父上は、一体どうなさったのですか？　でも返事は来ない。なんか変な女から手紙が来た。かかわらない方がいいに違いないと、思われたのだろう。

でも私は諦めない！

彼にはお兄さんがいた。毎日新聞の広告局に勤務しておられ、数回お会いしたことがある。でもフルネームを知らない。住所も確かな年齢も知らない。いきなり毎日新聞に問い合わせても、個人情報にうるさい今、教えていただけるはずもない。どなたか毎日新聞の広告局で知っている方はいらっしゃらないかなぁ？　慌てて古い住所録を探し出してある人の名を発見した。その方ももう定年を迎えられているだろう。けど、住所が残っている。思い切って手紙を書いた。

すると翌日に電話が来た。「思い当たる方がいてさっそく電話してみました。見つかりましたよ！　電話してみてください」すぐに電話をしましたとも。お兄さんは弟さんのことを詳しく教えてくださった。

大動脈解離で突然亡くなったと。

「上村さんのことも弟から聞いていましたよ。今日お骨納めをするのです。二人で両親のお墓を作りましたが、まさかこんなに早く弟が墓に入ることになろうとは…」

私はようやく彼の死を受け止めた。御仏前にお花を送った。彼の遺影と私の供花と、私たちのツーショットの写真が飾られた御仏前の写真が送られてきた。なんで私より若いのに先に逝ってしまったの？胸を掻きむしるほどつらい出来事だった。因みに、奥様とは離婚されていた。「多分、知られるのが恥ずかしかったのでしょう」と、お兄さん。

見上げるお星様が、二つになった！

Chapter 3

人生を奪ったコロナ

「体調に変化はありませんか？」

「お熱は？」

毎日保健所から電話が来る。

そう、私は新型コロナウイルスの濃厚接触者になってしまったのだ。二〇二〇年四月五日から十三日までの九日間連日電話が来た。まだ第一波の頃だ。

新型コロナウイルスは、二〇一九年十二月に中国で発生したと言われ、日本では二〇二〇年一月に最初の感染者が出た。まだ何のことやら分からず、だが世界中にパンデミックを引き起こし、すべての人類が恐怖におののいていた。日本でもアッという間に感染者が増加し、志村けんさんが二〇二〇年三月二十九日に感染死して、一挙に日本中を驚愕の渦中に巻き込んだ。まだ治療法も分からず、政府はうがい、手洗い、消毒、マスク着用を勧めるのみである。そのマスクが品不足で、人々はドラッグストアなどに列をなして並び、私たち女性は手作りした。ミシンが足りなくなり、糸まで不足した。そんな時、今度は岡江久美子さんが四月二十三日に感染死され、ますます日本中がわさわさ落ち付かなくなった。

そして、私が住んでいる町の商店街でコロナ感染者が出たのだ。二〇二〇年四月初め、商店街の役員さんたちが、シャッターが増え続ける街を活性化しようと商店街振興組合本部から講師を招いて会合を持った。役員たちは、狭い会議室に集まり、話し合いが行われた。そして全員が感染した。どうやらその時の講師がコロナのお土産を持ってこられたらしい。この町内会の会長をされていたのが、私がいつもお世話になっている〝街の電器屋さん〟の店主だった。私は日頃から買い物ついでに立ち寄っては、お茶を頂きながらお喋りをし、時には飼犬までコーヒーフレッシュをご馳走してもらうのを楽しみにしていた。他にもそこでのお喋り仲間の女性が二人、コーヒーを頂きながら世間話を楽しみに立ち寄っていた店である。ある日ご主人が「風邪をひいたみたい。少し熱がある」とおっしゃっておられたが軽く聞き流していた。それが二〜三日のちには、会合に出られた店主さんたちが全員コロナに感染されていたことが判明し、商店街がパニックに陥った。そして私も仲間の女性陣も濃厚接触者として届けられて、冒頭の保健所からの九日間にわたる電話での健康チェックを受けた次第である。

感染した店主たちはそれぞれ病院に隔離されたが、しばらくは商店街へ買い物に行くのも憚られた。そして何ということか、その電器屋さんともう一人が、懸命の治療を受けられたにもかかわらず、四月二十日には帰らぬ人となり、いきなりお骨となって戻ってこられたのだ。ワクチンが開発された今ならそんな不幸は訪れなかったに違いないと、心底悔しい。

世界も日本も三年余もの年月、変異を続けるコロナウイルスに振り回され、未だ絶滅出来ていないし、私は七回もワクチン接種を受けた。幸い濃厚接触者になっただけで発症は一度もしていないし、ワクチンによる副反応も出たことがない。それでも四年近くの間、外出を控えてステイホーム、マスクも外せず、旅行も出来ず、運動不足となり、外食も、音楽会や観劇も出来なかった。外食産業は閉店が相次ぎ、失業者が増え、世界中が疲弊した。後遺症に苦しんでおられる方もたくさんいる。昨年のノーベル生理学・医学賞は、コロナワクチン開発に貢献されたカタリン・カリコ氏とドリュー・ワイスマン氏が受賞された。素晴らしい功績で、多くの人の命を救った。

コロナも、今ようやく長いトンネルを抜けたようだが、また次のウイルスが来るかもと恐れられている。残り少ない人生の我々高齢者も、貴重な日々を失った。この四年間を削除して二〇一九年から二〇二四年までをスライドアップして繋ぎたい。意欲ある人はこの間に、外国語を学んだり、本を出版されたり、有効的に過ごされた方もいる。若い人は自宅待機が増え、リモートワーク、WEB会議、学生もリモート授業など、デジタル利用が当たり前となって、楽しいはずの学生生活が絶たれた。でも、人と会わない生活では人情も、友情も育たない。そして私は、四年間何をしていたのだろう？　怠惰に慣れ、ぐうたら生活が身に付き、体力脚力は衰え、昼寝が増え、のんびり生活が身に付いた。あああ！　勿体ない四年間！

Chapter 4

ちょっとやりすぎちゃいますか？

私はいま八十六歳だが、八十歳になった時、凝りもせずまたまた新しいことを始めた。私ってほんとにおっちょこちょいだ。やったことのないことに出会うチャンスがあれば、もこもこっと好奇心が沸き起こり、またぞろ手を出してしまうのである。

近所に、しかもほぼ毎日歩いている道沿いに、新しくバレエ教室が出来た。そう「アン・ドゥ・トロア」の、クラシックバレエである。「大人のバレエ」は、時々新聞や雑誌などで目にしていて、いつかやってみたいなと思っていた。でも、さすがにこの歳。すぐには決心がつかずに、その前を何度も通り過ぎていたのだが、やっぱり気になる。

思い切って「ピンポン！」

若いきれいな娘さんが出てきて、「私こんなに高齢なんですが、バレエってやれますか？」

「もちろんです。一緒にやりましょう！」

大人だけのレッスン時間が決められていて、通いやすい。バレエの真似事とともにストレッチをするのである。一応バレエシューズ（トウシューズではありません）を買い求め、ストレッチ、その後バーを握って、足も踵をくっつけてつま先を真横に開き、手も上に横に伸ばして、音楽に合わせて踊る。生徒は四人くらい。主婦の方々だが、みんな体が柔らかい。私は足も高く上がらず、フラフラよろよろ。でも、からだを動かすって気持ちがいい。

二年ほど通っていたが、ちょっと腰を痛め、私より先生の方が慌てて、心配なさるので、残念ながら辞めてしまった。


バレエ仲間にご近所の方がおられたので、「歌も習ってみたいので、近くに先生いらっしゃらないかなぁ？」

「あ、知ってますよ。母の友人がすぐ近くにおられますから、連絡してみてください」

やるとなったらすぐ始めたい私。というわけで、家から歩いて十分くらいのところに住んでおられる松平季子先生に習い始めた。

松平先生は、大阪音楽大学卒業の後、ドイツ・ミュンヘンに留学、ドイツ歌曲や宗教曲の研鑽も積み、オペレッタ『こうもり』や、『メリー・ウィドウ』『マリツァ伯爵夫人』など多くの主役を演じられ、日本の喜歌劇楽友協会のプリマドンナとして高く評価されているプロの声楽家。コロナ禍前までは、仲間と英国・ロンドンなどで公演を積み重ね好評を得ておられる。

またピアノもエルンスト・ザイラー氏らに師事され、腕を磨かれておられる。喜歌劇楽友協会常任理事も務め、日本声楽発声学会員でもあり、教えるのも本格的プロ。私などにはもったいない先生だ。

稽古はご自宅で無論グランドピアノが置いてある。恐る恐るスタートした声楽入門だったが、松平先生は優しくて、素人相手に、忍耐強く付き合い、準備体操、発声から、歌唱へと教えこんでくださった。

「いいことを始められましたよ。歌は嚥下障害にもいいし、誤嚥性肺炎の予防になります。健康にとてもいいのですよ」

以前、テレビ番組「題名のない音楽会」で、八十歳になる素敵な一般女性が出演、「こんなにお歳を召されても素敵なお声で歌われるのですよ」と、司会者が紹介していて、歳を取ってもあんな風に歌えたらいいなあ、と記憶に残っていた。そういえば母も歌うことが大好きで、疎開先の町内の演芸大会で歌を歌ったことがあった。確か高峰三枝子さんの「湖畔の宿」。歳を取ってからも家で鼻歌をよく歌っていた。いい声であった。

私は、歌を歌っていたのは中学までで、高校では選択科目だったため歌とは縁が切れた。私たちの高校は、コーラスが有名で、優秀な指導者先生の下、全国大会などで賞を取るほど。今にして思えば音楽を専攻しなかったのは返す返すも残念だ。私が専攻したのは漢文と古典文学だった。その頃は必須科目のほかは二科目だけ選ぶシステムになっていたので、絵画など芸術関連の科目は中学で修了したのだ。

話が逸れました。そんなわけで、八十歳にしてやっと歌に出会い、素晴らしい先生に巡り会って、基礎からのレッスンが始まった。やっぱりオペラ曲に憧れたので、『カルメン』の「ハバネラ」や、『ジャンニ・スキッキ』の「私のお父さん」、モーツァルト『フィガロの結婚』から「恋とはどんなものかしら」を習い、カンツオーネや日本の歌曲などなど、いろいろな歌を歌わせていただいている。

そして驚いたことに二〇二二年には初舞台を踏むことになったのだ！　先生たち主宰のステージである。曲はフォスターの「夢路より」と「私のお父さん」をイタリア語で、二〇二三年はマルティーニの「愛の喜び」をイタリア語で、島崎藤村作詞の「初恋」を歌った。ちょっとおしゃれなドレスをまとい、ピアノ伴奏でソロを歌うことなんて私の生涯のプログラムには入っていなかったのに。出演者にはプロとして活動なさっている方もいて、私はただ度胸だけで歌った。「下手でもええやん」と開き直って！

でもね、最初はワンオクターブしか出なかった声が、今では、その上のファくらいまで出るようになりましたよ。先生曰く「声帯は筋肉なのです。鍛えればまだまだ出ますよ」。熱心な生徒ではないので、家では殆ど練習もせず、これでは上達するはずもない。そんなこんなで、未だに下手だが、歌うことは楽しいので先生に甘えて通っている。皆さんにお聞かせ出来るくらい上達して、ぬかみそが腐らないようになればお聞きください。

その間、もう一つ、詩吟をかじった。二〇二二年春。これも家から二分くらいのところにあって、看板も古めかしくなっていたので、もう教えていらっしゃらないと思い込んでいたのだが、いつでも来てくださいとのこと。奥様とは時々井戸端会議をする仲である。最初から「詩吟とはどんなものかとちょっと知りたいだけですから、とりあえず体験だけさせてください」と断って行った。先生はご主人と奥様のご夫婦。吟じられると見事な声だ。

ご夫婦ともこの世界では年期も長くお弟子さんもたくさんいらっ

しゃって要職にもついておられることが分かった。ドキドキしながら習い始めたのだが、驚いたことに一曲目から野太い声が出たのである。歌で発声を習っていたおかげだ。先生もわたしもびっくり。

詩吟は裏声ではなく地声で歌う。反対にクラシックは裏声である。詩吟は、四行くらいの漢詩で成り立っている。音符がないので口移し。これは苦手だった。微妙な音階の高低や、引き延ばしが、分からない。漢詩もなかなか味わい深い秀作である。詩吟の長い歴史も知ることが出来た。でも吟じるのは練習あるのみ。

そのうち、検定試験を受けてみては？　舞台で歌ってください、着物を着て。などなどお勧めがあった。「これはえらいこっちゃ！　深入りしたらだめだ！」と、同年十月、遂に逃げ出した。今でも奥様と顔を合わす度、また時間があればいらっしゃいね、とお誘いを受けているが…。意外に私に向いている吟道かもしれないけれど、少しでも経験させていただいただけで楽しかった。

もう一つ新しく始めたのが、〝ピラティス〟。ヨガと太極拳を合わせたような呼吸法を使いながらインナーマッスルを鍛える。ピラティスとは、ドイツ人看護師のジョセフ・H・ピラティス氏が、第一次世界大戦で負傷した兵士のリハビリのために開発したエクササイズである。身体の深層部にあるインナーマッスルを強化し、身体全体のバランスを整えることで美しい姿勢、しなやかで自由自在に動く肉体など、理想的な体と健康に導いていくことを目的としている。一時間のストレッチで、内臓まで動き出したような体感がえられる。

松平先生に勧められ、先生ご夫妻と一緒にレッスンしている。これがいい！　マットに寝転んだりしながら全身を伸ばしていく。指導の先生が素晴らしい。飛んだり跳ねたり無理に伸ばしたりしないので、高齢者にはぴったりだ。いい出会いであった。

定年と同時に始めた絵画は、まだ続いている。もう二十三年になる。カメラも、七十過ぎから始めた。これも大正解。写すためにあちこち出かけるから運動になる。カメラ目線で自然や人、物を見るようになり観察眼が発達し、視界が広がった。民事調停委員の仲間との月一回の散策の会にも出来るだけ出かけるようにしている。そんな時は一日一万歩以上歩く。年二回当番がまわってきて行き先を決め、下見にも行かないといけない。毎回十二〜三人が参加する。

そんな中、一つやめたことがある。四十年くらい続けていた陶芸である。先生が八十歳になったので、二〇二二年十二月で教室をクローズされたからだ。先生のお宅に伺っての作陶で、生徒はかなり激減して五人になっていたが、長い付き合いで和気藹々、手を動かしながら口も動かし、何でもお喋りしていた。教室を閉じられたのは、ショックだったが、ちょうどいい機会かとも思った。一つずつ整理していかないといけない年齢だったので、淋しいけれど月二回会っていた仲間ともお別れである。ところが、その五人の内、間もなく一人が病死した。そして先生を含め二人が体調を崩した。いいやめ時だったのかもしれない。これまで続けていた習慣や、長年の友人と縁遠くなるのは淋しいかぎりである。

八十歳になって着物着付け教室にも通い始めた。これについては別項で綴る。

Chapter 5

よみがえる古着、楽しいお絵描き

母はセンスのいいひとだった。

戦後、当時は何処の親もそうだったと思うが、一家は、食べていくだけで精いっぱいで新しい衣類なんて手に入らない。子どもは成長期だからどんどん大きくなり一年前の洋服が着られなくなる。衣類は、すべて母が手作りしていた。ある日、弟の冬のコートが、ごわごわの毛布で作られていて驚いた。どうも進駐軍の払い下げか、父が手に入れてきた日本の軍隊の毛布だった。なんかいろんな糸くずで織られていて分厚く重そうだ。私のワンピースなどもすべて母が縫ってくれていた。母はセンスが良く、リボンをあしらったり、フリルをつけたりしておしゃれな洋服だった。

私たちは地方の疎開先で暮らしていたので、洋装店などなかった。

母は何処で洋裁を習ったのだろう？ 父が上海で仕事をしていた戦前には、イギリス製の毛糸・ビーハイブを買って帰り、母は日本のとは全然違うと、器用にみんなのセーターなどを編んでくれた。ビーハイブは何度ほどいて編み直しても風合いが変わらないと喜んでいたのを覚えている。

母が四十歳の頃、とっても素敵なワンピースを着ていた。紺と白の柄の浴衣をつぶしてノースリーブの夏の洋服に仕立て直していたのだが、それはとっても母に似合っていて、見惚れた。ステキ！

母は六人きょうだいの四番目で、皆器用だった。妹にあたる叔母は、夫を亡くした後、和裁で身を立て、三人の子どもを大学にまで通わせた。年を経てからは三人姉妹とも絵を描いていた。姉と弟にあたる叔父は日本画を、妹と母は油絵を楽しんでいた。

私も母に似たのか、若い頃は時々洋服を手作りした。私はかなり痩せ気味で、既製品ではウエストがぶかぶか、二十歳過ぎの頃からはかなり既製服が出回ってきたが、今に比べるとサイズも少なく、スカートなど自分で作らないと合うのがなかったのだ。編み物も母に教えてもらい、今でもセーターやベストは編む。ジーパンが擦り切れたり汚れてくると、そこにパッチワークを施す。ポケットがなく不便な上着には、ポケットを付ける。

定年後習い始めた絵画のおかげで、いろんなものに絵を描く。無地のエコバッグや家の前の溝の側溝の鉄板にも、ペンキとアクリル絵の具を使って花の絵を描いた。溝が華やかに変身した。

最近は、Tシャツに絵やイラストをよく描いている。私はお行儀が悪く食べ物を飛ばして衣類を汚す。

「あら勿体ない。またやってしまった!」

いくらTシャツとはいえ、捨てるのは勿体ない。そこで思いついたのは汚れた部分に絵を描くこと。手元にアクリル絵の具がある。大胆に花の絵を描いてみた。あら!素敵だ。アクリル絵の具は洗っても色落ちしないことも分かった。捨てようと思っていたTシャツが、蘇った。次はブラウスだ。

それからはわざわざユニクロに出かけてTシャツを仕入れ、どんどん絵を描き始めた。そこに描くのは、リアルな花より、デザイン性を生かし、色も好き勝手、歪んだ花びらや、黒い葉っぱでも楽しい。人物画、マルペケ三角の抽象画、マル一個だけ、建物、犬、猫、何でも描く。その頃、ユニクロのTシャツは、一枚一〇〇〇円だったから、友達にも差し上げていた。そのうち一五〇〇円になった。これではちょっと差し上げるにはお高いよねぇ。

そしたらなんとTシャツを持ち込んできて、これに描いてと注文が来だした。それも一人二～三枚も。先日そんな友達と旅行した折、友人は着がえても着がえても私のTシャツを着ていて、大笑いだった。私もそんな一枚を着て、富山の街を歩いていたら「それ、ご自分でお描きになったのですか？ 素敵ですね」と、声をかけられた。その時私が来ていたのは、ペケとマルを大きく描いたシャツ。いい気分だった！

描くのは大好きだから、スリッパやパンツなどなんでもキャンバスになる。でも描くのは結構大変で、まずアイデアをひねり出し、床に新聞紙などを広げ、Tシャツの中にも色が反対側に映らないように紙をはさみ、一応下絵を描く。自分のなら歪んでいてもご愛敬だが、人様のとなると気を遣う。彼女に似合うのはどんな色かなぁ？

ビジネスではないので、お金は頂かない。私の作品を着ていただくだけでうれしい！

最近もう一つ、手作りを始めたのが、古い帯を解いて作るポシェットである。自分用に作ってぶら下げていたら、「私のも作って！」と、ご自分の帯をつぶして持ってこられた。私は洋裁など習ったこともないし、教室へ通ったこともない。下手の横好きで時々四苦八苦しながら遊び半分に作っているに過ぎない。とても人様のために作る腕なんてない。

そこは私のお人よし。いつ出来上がるか分からないよ、と言いつつまた作ってしまうという自分を追い込む悪い癖がある。その結果喜んでいただいたらそれはそれでうれしい。

だから貧乏暇なしだ。永久に部屋は片付かないし、アルバムの整理も出来ない。自業自得だけれど。

Chapter 6

ＩＴなんて大嫌い！　されどＩＴ

ゆっくりランチを取ろうと店に入ったら、ご注文はこれでどうぞ、と、テーブルの上においてあるＱＲコードを示された。メニューは無く、スマホでＱＲコードを読み取り、そのアプリで注文せよというのである。こんな店が最近どんどん増えてきた。スマホを持っていない人、やり方が分からない人には店のスタッフが対応してくれるが、それも口惜しい。

喫茶店でお茶しようとしても、今やスターバックスやタリーズといったチェーン店などセルフスタイルの店ばかり。サイズはＳですか？　Ｍですか？　Ｌですか？　洋服のサイズじゃあるまいし、と、これも腹立たしいし、オーダーの仕方もよく分からず、ドキドキ緊張しながらの注文である。

スタバは一九九六年、日本に初上陸、今や大阪府だけでも一五二店と席巻、タリーズは一九九七年に日本へ、大阪府には六十二店舗あるそうだ。他にもその手の店はどんどん増えている。自分で注文したコーヒーを、トレイに載せ、砂糖や水も自分で取り、席まで運ぶ。こちらは足がヨロヨロしてきたから、こぼさないようにしながら運ぶのは大仕事だ。ホンマにコーヒーくらい店員さんに注文し、席まで運んできてほしい。せっかくゆっくり休もうと思っているのにセルフスタイルでかえって疲れてしまう。

　スーパーのレジもそう。店ごとにやり方が違っていて、その都度オロオロ。自動支払機の前で、どうすりゃいいんだ？店の人に尋ねようと思っても、忙しそうで、じろっとにらまれてしまう。せめて日頃の食材を買う店は、高齢者が多いのだから対面手渡しの現金扱いにしてほしい。でも、若い主婦は、ペイペイだの、スマートウオッチだのを見せてピッと清算している。

　先日、ハイキングの帰りに一杯やろうと、駅構内の店に入ったら、今、はやりのフードコート。まず席を確保して、ビール券を買い求め、店内に備え付けられた飲み物サーバーで自分で注ぐシステム。グラスの上部にはちゃんとアワが乗っかっていて、すごいなあと思いつつ、おっとっとと、こぼさないようにジョッキを席まで運ぶ。お料理も、リモコンのようなものを手渡され、出来上がったらブザーが鳴りますから、カウンターまで取りに来てください。これで人件費を節約しているのだ。店には女性スタッフが二人いるだけで、一人は料理を作り、もう一人は調理をしながらレジも担当している。

幸いまだパソコンを使っているので、書籍などはアマゾンを通じて注文する。翌日には、配送料なしで、ポストに届くから便利だ。出身会社の社内報も、WEBでしか見られなくなった。ややこしいしもう見ないという人が増えてきた。どっちみち、内容は今や知らない後輩の記事ばかりで、我々が見るのは、仲間の訃報記事だけなんだからいいけどね。何を見るにも注文するにも、パスワードが必要で、こんがらがってしまう。

先日、行きたいコンサートがあったので、チケットをネットで注文しようとしたら、まず、ピアの会員に登録せよという。トライしたが、どうしてもうまくいかない。ついに諦めて、知人を通して予約してもらった。ところが知人から知らされたのは、何桁かの二種類の数字のみ。それをもってファミリーマートのコピー機でチケットと取り換えるのだとか。知人もやり方が分からないという。こわごわコピー機の前に行ったものの???お店の人に教えてもらって数字を打ち込む。失敗！ またトライ。また失敗。三回目にしてようやくチケット引換券が出てきた。やれうれしやの！ これでまた新しい知識が増えたぞ！

レジへ行き、念願の座席指定券が手に入った。だが、コンビニに払う手数料も取られた！ これではコンサートに行くにも、チケットを購入するのが、高齢者には大仕事である。皆さん毎回こんなことをしてチケットを手に入れておられるのですか？

チケットではなくスマホに取り入れて、QRコードをかざして入場するやり方も経験した。なんだかなあ！ 若い人には何でもないことだろうが、チケット代もスマホで事前に支払うから、お金だけ取られて当日入場出来ないなんてことはないんだろうか？なんて余計な心配までしてしまう。スマホを持たず所謂ガラケーしか使っていない人はどうすればいいのだ？友人は、欲しい品があったから電話で注文しようとしたら、スマホでしか注文出来ないと言われ、怒っていた。差別だ！全く高齢者は置いてけぼりの、優しくない昨今である。

むろんスマホは便利ですよ。いろんなことを検索出来るし、読書も出来る、万歩計もついている。LINEを使って今撮った写真もすぐやり取り出来る。たくさんの恩恵を被っている。でもねえ、私は昭和の末くらいにもどってほしいなあ！ゆったりしていて情もあって、電話で笑いあって。スマホを見ながら歩いている人にぶつかることもないし、SNSで悪口を拡散されることもないし、出会い系を利用して騙されることもない。犯人が外国から、かけ子や受け子に指示をして、強盗や殺人事件まで起こしている。これもネットがあればこその恐ろしい犯罪である。

昔のお見合いに代わって、ネットのマッチングアプリで出会って結婚したり友人を作ったりは当たり前。出会い系にも上ランクがあって、多分それは高額の会費を支払って会員になり、ここに加入しているのは医者だとか、資産家だとか、凄いリッチな上流社会の会員ばかりらしい。親戚の娘さんはそれを利用して素敵な人と出会い、幸せな結婚をなさったとか。

私は写真を撮るのも趣味の一つで、カメラやスマホで撮影した写真はパソコンに取り込み、ちょっと修正を入れたり、トリミングして写真用紙にプリントをしている。えらいでしょう？

ウクライナ、ロシアの戦争をはじめ、今や戦いは、無人機やドローンを使い、スイッチ一つで相手を攻撃出来る。かつて人間魚雷「回天」や片道だけの燃料を積み、敵艦に体当たりして突っ込んでいった神風特別攻撃隊（特攻隊）など第二次世界大戦の悲惨な戦いは何だったんだ！　貴重で優秀な若人を多く失った！　女性など本土での留守番部隊は、竹やりの練習をしていた。一九九〇年の湾岸戦争でも、遠方からボタンを押すだけで一発必中、見事に敵基地を攻撃し、まるでゲームを見ているようだと言われたものだ。どちらにせよ戦争だけはするべきではない。

戦いは宇宙にまで飛んでいる。宇宙に基地を作って何やらしている国は多い。人工衛星は現在、およそ四四〇〇個も地球の周りを回っているとか。やがて月や火星に人が住み始めるのか? おおイヤだイヤだ。

話が変な方向に飛んでしまった。ＩＴは、生成ＡＩやＣｈａｔＧＰＴが現れ、恐ろしい発展を遂げている。本も音声で読み上げてくれるし、喋った内容を文字化もしてくれる。人間はますますズボラになり、やがて日本語ですら書けなくなりそうだ。今だって漢字が書けない人が多くなってきたとか。ＮＨＫでもニュースの原稿をＡＩアナウンサーが読み始めた。戦場にも犬のロボットが登場して先頭に立って戦うんだって! ＡＩ搭載のパソコンも発売されている。ＡＩはリスクもあればメリットもある。結局は操作する人間の責任なのだ。敵えて言いたい。ＡＩには愛がない。どう操るかは人間のみが持つ愛情と覚悟次第なのだ。

　コロナ禍の頃から始まった、出勤せずに自宅でのリモートワーク、小学生から大学生まで生徒はオンライン授業を受けていた。人と話さない、会わない。人類はこれから先どんな世界へ行ってしまうのか。恐ろしい！　インスタグラムに、Ｘ、ユーチューブ。毎日のように伝えられる新しいＡＩ技術の情報。

　もうついていかれへんわ！　なに？　年寄りはついてこなくてもいいって？　すみませんお邪魔虫で。

Chapter 7

歳を重ねるってむごいですね

「十三ちゃん、歩けてる?」

久しぶりの友からの電話でいきなりこう問いかけられた。

「ええ、歩いてるよ。この間も一万歩くらい歩いたし、ハイキングに行った時は、二万四〇〇〇歩も歩いたことがある」

「うらやましいなぁ。私はもう歩かれへん。何処かへ行く時は自転車」

「それは困ったわねえ」返事する私の方が、歩けるのが申し訳なくなって声が小さくなる。

最近は友達の体調不安、耳が遠くなった、認知症が始まったなど、辛い報告ばかりが届く。

生きている限り否応なく誰でも年を取り、それとともに肉体は衰え、頭脳も衰え、精神も衰えていく。先輩に言われた。八十歳になるとドーンと衰えるよ。次にまた言われた。八十五歳を超えるとまたドーンと衰えますよ。その通りだった。

私は現在八十六歳。八十三歳頃から、体力も、気力も衰えていった気がする。

肉体でいうと、容貌の衰え。まず瞼が下がり、二重瞼が一重になって目が細くなり、ほうれい線が深くなり、皺が増え、口角も下がり、シミが出来、毛髪は細くなりコシが無くなる。首にも皺が、腕もちりめん皺が増え、全身が乾燥気味、手の甲の血管が浮き出し、もちろん皺も深くなる。好きだった半袖やノースリーブの夏の洋服が着られなくなり、着物を着た時には、身体は隠せても首と手の甲に年齢が出る。最近グレイヘアがおしゃれだと人気だが、あれはよほど美人でないと単にばばあに見えるだけ。

背中は猫背になり首が前に出て、足はO脚に曲がり、歩き方は小股になり、小さな突起部に躓き、まっすぐ歩きたいのにヨロヨロ。膝が悪くなり、腰痛も起こる。抗いようがない肉体と機能の劣化。聴力も衰え、眼も白内障は勿論、黄斑変性症、緑内障も悪化する。高齢者の運転事故が多いと脅され、いやいや免許を返納。大好きだったお酒の量も減り、食も細る。嗚呼、ヤダヤダ。いくつでも列挙出来る。あなたはいくつ身に覚えがありますか？

私は今のところ歩けるし、背も曲がっていない。耳も大丈夫。でも認知症とまではいかないけれど、毎日探し物ばかり。冷蔵庫を開けて、何を出すんだっけ？二階にまでわざわざ昇ってきたのに一体何の用で来たんだっけ？駅の階段はしっかり手すりを握っている。もし転んだら即骨折、入院すれば認知症が始まるらしい。外見上の肉体の衰えは悲しいが、どうしようもない。人によっては開き直って二の腕の振袖も堂々と見せてあっけらかんとしている方もいるが、私はもう少し隠したい。

同級生も聴力が衰え、会話もちんぷんかんぷんで、つい大声で喋ってしまう。思いがけない人が認知症になり、人間性が壊れていく。脚力が弱っている人が多く、食事にも観劇にも誘い出せない。

美男美女で売っていた役者さんは哀れだ。たまにテレビで近影に接するたび、わぁ、あの美人が、年を召してこんな容貌に！ 中には素敵に老いている方もいらっしゃるが、殆どが見るに堪えない（失礼！）。

写真を撮ると、隠しようのない老醜の顔が写っている。年齢を重ねるということはまさに諦めるということであるらしい。

残りの人生の年月を指折り数えながら、その日その日を生きていく。まさかこんなことが待っているなんて若い頃は考えるだにしなかった。来年の予定を入れようとスケジュールに書き込む人にも驚かされる。来年どころか明日の命も分からないのに。とはいっても私の手帳はスケジュールでいっぱい。バタバタと毎日を過ごしている。

「上村さんはそれでいいのよ。止まったら体調壊すよ」ま、歩けるうちは、人と会ってお喋りをし、おいしいものを頂き、おしゃれをし、お化粧もして出かけよう！ 帰宅するとばたっとソファに座り込みうたた寝をする毎日だが、いいじゃん。

話は変わるが、お風呂での事故死が多いと聞く。私の周辺でも、あの人がこの人が、お風呂で亡くなられたとよく耳にするようになった。

調停の仲間で毎月ハイキングで会っていた八十八歳の男性は、温泉大好きで毎月のようにご夫婦で温泉巡りをされていた。「十三ちゃん、ピンピンコロリでおわりたいなぁ！」が口癖だった。ある年の十二月のハイキングの後の軽いお疲れさん会の席で、「皆さん、また来年も元気で歩きましょう！」。最高齢の彼はいつも乾杯の挨拶がお役目だった。

その彼が、翌月の一月半ば、奥様と温泉旅行に出かけられた宿で、朝風呂の入浴中に亡くなられた。好きな温泉に入ってピンピンコロリの最期だった。また国内外旅行をご一緒していたご夫婦がお二人揃ってお風呂の中で亡くなられた。絵画友達のお母さんも、仲間と時々行っていたスナックのママも、今年初めに、やはりお風呂で、命を落とされた。

一人暮らしの方、ほんとに気を付けてくださいね。

Chapter 8

ありえない！　高齢者ばかりの「風の盆」旅行記

富山・八尾の「おわら風の盆」には従妹が富山に住んでいるおかげで、何度か見物に訪れた。「風の盆」は、毎年九月一日から三日まで行われる催事である。一度見るとその魅力に取りつかれてしまうこと請け合いの、情緒あふれる祭りである。私はすっかり魅せられて五回も出かけただろうか？　だが、ものすごい人出の中の、しかも夜中にクライマックスが訪れるこの祭りには体力あってこその見物である。私はもう十年ほど前に行ったのを最後に、もう訪れることはないと思っていた。

ところが、私の「風の盆」について書いたエッセイを読んだ友人や、以前から一度行きたいと思っていたという人たちから、ぜひ連れてってと、猛烈なアピール。私は行くならツアーで行ってきて！と、逃げ回っていた。そこへコロナが襲って祭りも二年間中止となったり、三年振りに開催されたもののかなり小規模になったりしていた。二〇二三年やっと通常開催されるというニュースが入り、私も体調がよくなっていたので重い腰を上げた。結果、十人の参加となったのだ。

しかも、関西民放クラブの元会長の北野栄三さんご夫妻や、現会長の山本雅弘さん、鈴木正勝理事長夫妻、何年も前から連れてってとおっしゃっていたMBS元役員の大先輩・辻一郎さん、みんな偉いさんばかりで気を遣う。それにMBSアナウンサー出身の志風洋子さん、井上知津子さん、その友人のアッカマン明美さんそして私である。しかも最長老の北野さんは九十三歳、若い人でも七十九歳である。もしツアーで申し込めば断られるかも?という高齢者の団体。地元で手伝ってくれる私の従妹も七十八歳。えらいこっちゃ。

なんせ全国から大勢の観光客が集まってくる有名な祭りである。とりあえずホテルだけは確保しておかなければと、四月には、二〇二二年に開業した富山駅前のホテルJALシティ富山を予約。祭りの夜一泊して翌日は、是非立山へ案内したかったので標高約二〇〇〇メートルにある弥陀ヶ原ホテルも予約した。そこへ助っ人が現れた。事務局次長をしている高井久雄さんが、参加されるという。ただし彼は前日に出発して他へも回りたいからと、ところどころで合流してくださることになった。彼は七十歳と若いので助かるー！

大阪からサンダーバードに乗り金沢へ、次いで北陸新幹線に乗り換え富山へ行く。列車のスケジュール、夕食の予約、祭りの現地までの交通の便はどうする？　列車？　バス？　それともタクシー？　何だかんだと考えているうちに予定していた九月三日がやってきた。集合場所は富山のホテルのロビー。それぞれの都合もあるだろうから、

「そこまでは自由に行ってください。ロビーに十七時集合ですよ。その後みんなで夕食に行きますから」

夕食処も駅の近くを予約した。事前に富山の寿司や白エビなどを注文しておく。

全員無事ホテルロビーに集合して食事場所へ。高井さんはここで合流。食事の途中、高井さんがタクシーの手配に駆け巡る。なんせステッキを突いている人が二人、辻さんは、二週間ほど前に椅子から落ちて肋骨にひびが入り、まだ痛いとおっしゃっている。八尾は坂の町としても有名だし、歩き回らないと祭りは見られない。当日は祭り会場の中までタクシーは行ってくれない。会場に一番近い降車場所を目指して三台に分乗して現地へと行く。すべてネットで検索したり富山観光局などへの電話で調べた。ああ、行く前に疲れ果てた！

食事処で初めて合流した従妹はみんなお若い！と、びっくり。私に今回のツアーのことを聞いた従妹はそんな高齢者が、「風の盆」へ行くなんて無謀だわ、と言っていたのだ。その日どんなおじいさんおばあさんが、やってくるのかとおっかなびっくりだったという。大丈夫。我々は元気だ！

「風の盆」は、八尾の十一の町内がそれぞれに踊る。何処の地区が、何時に踊るか分からないのだ。もともと地元民が楽しむ祭りなのに、テレビドキュメンタリーや、高橋治氏の小説『風の盆恋歌』のドラマ化、石川さゆりさんのヒット曲などで全国に知れ渡り、どっと観光客が押し寄せるようになった。「風の盆」は、台風封じと五穀豊穣を祈る祭りで、特に古い家々が立ち並ぶゆるやかな坂の町・諏訪町と、キレのある男踊りと、男女が絡む艶やかな踊りで人気のある鏡町の踊りは是非ものの。それと各町々で繰り広げられる町流し、それにみんなが参加出来る輪踊り。

まずは、すでに薄闇の諏訪町を訪ねたが、両サイドの家の軒下には大勢の見物人が地べたに座り込んで踊りが始まるのを待っている。大きなカメラを据えたカメラマンもスタンバイ、だけど誰に聞いても何時に踊りが始まるのか分からないというのだ。知り合いの人に尋ねても、さあ？ 夜十一時頃じゃないかな？ まだ七時すぎなのに⁉ そんなの待ってられない！

今度は鏡町へ歩いていく。ここは坂の上に長い階段があり、その下の小さな広場で踊りが繰り広げられるのだ。ものすごい人出だ。とても階段は確保出来そうもない。我々は反対側の下の道路に回り込んでうまく前方に陣取った。ところがここで早くもみんなとはぐれた。三人ほど見当たらない。携帯電話を鳴らせど出ない。そのうち踊りが始まった。期待通りの素晴らしい踊りだ。女踊り、男踊り、最後には男女が色っぽく絡んでの魅惑的な踊り。胡弓、三味線などの演奏、地唄！うっとりだ。これを見られただけで満足しなきゃ！はぐれていた人も階段の上からうまく見られたとご満足。よかった！

ぞろぞろと街並みを歩いていくうち、哀調あふれる歌声が聞こえてきた。町流しだ。十人ばかりの男女が踊りながら町を流していく。私は十二人全員揃っているのか？迷子はいないか？そのことばかりに気をつかう。迷子になった場合の待ち合わせ場所も伝えてあったが、初めての地とあってそこが何処だか分かりにくい。

輪踊りに参加してみんなで踊りたかったが、前回の踊りが終わったばかりで、次は十時からだとの情報。毎年エンドレスで地元の踊り手さんを見習って大きな輪を作り観光客たちが踊っていたのに、これもコロナの影響で自粛しているとか。

ま、そんなこんなでうろうろしているうちに十時になった。そろそろ帰らなくては明日に差し支える。今日は「風の盆」の最終日とあって夜十一時頃から踊りは盛り上がり明け方まで続くはず。熱心な客は翌朝一番の電車で帰るのだ。私は深夜十二時の最終列車で帰ったことがあるが、もうそんな元気はない。我々はまたタクシーを拾い無事ホテルへ帰着。

「明日は朝ごはん抜きで九時にロビー集合です。チェックアウトは各人で済ませてください」

私はツアーコンダクターだ。


翌日は十時五十分発の富山地鉄で立山室堂までの旅だ。列車、ケーブルカー、バスを乗り継いで、最終目的地の室堂へ。ホテル立山のレストランで昼食を取っている時、高井さんから電話が入った。ホテルの近くにライチョウがいますよ。早く来てください！　先発していた高井さんはこんな風にひょっこりさんみたいに現れて情報をくれる。だが、我々はもうくたくたで動けない。高井さんが合流して、ライチョウの写真を見せてくれる。ここでライチョウに出会えるのは奇跡なのだ。

ひと休みの後、木道を歩いてみくりが池へ。周りは立山連峰に囲まれ爽快、標高二四五〇メートル。天気にも恵まれた。それにしても皆さん凄い。元気いっぱいなのだ。暫し室堂高原を楽しんだ後、今夜の宿泊地・弥陀ヶ原ホテルへ最終バスで移動。休む間もなく弥陀ヶ原湿原を散策。澄み切った空気の下、疲れもふっとぶ心地いいひと時だ。

夜は我々だけの個室で飲み放題の夕食。出発以来初めてゆっくり食事を楽しんだ。ここで民放クラブの江口事務局長にメール。みんな無事に楽しんでいますよ。江口さんからはよかったですね、と返信。彼は民放クラブの重要な会員ばかりの旅なので心配されていたのだ。

翌日、富山駅に下山、お昼ご飯は従妹が予約してくれていて、最後に富山グルメを満喫し、お土産をいっぱい買って帰阪した。

ホンマに無事でよかった！今回の「風の盆」は、私にとっては少し不満足な内容だったたが、皆さんは、誘っていただけなかったら富山も立山も行けなかった、よい旅だった、と喜んでくださった。皆さんあっぱれであった。

このメンバーで行く旅の第二弾が決まった！高山の荘川桜への旅である。またまたどうなることやら？

Chapter 9

弔いの旅・荘川桜を訪ねて

この旅には、深い思い入れがある。

二〇一九年、私の夫で、生前大林組で仕事をしていた上村幸之が設計をし、吉田五十八特別賞を頂いた「白鹿記念酒造博物館」へ、関西民放クラブの友人たちを案内した。北野栄三さん、西村嘉一さん、辻一郎さん、武田朋子さん、宮﨑修子さん、今井敦子さんらである。白鹿記念酒造博物館は西宮市にあり、春と秋には桜男といわれた笹部新太郎展を開催している。笹部氏が集められた桜にまつわるコレクションを見て回っているうち、かつて毎日新聞に勤務しておられた北野さんが、笹部氏について書かれた記事が展示されているのを見つけた。北野さんは、毎日新聞社会部の記者当時、笹部氏を取材、多くの記事を書かれていたのだ。笹部氏は宝塚の奥に住んでおられた著名な桜の研究家である。特に、岐阜県庄川の御母衣ダムの湖底に沈む運命にあった樹齢五百年の桜の巨木を、見事に移植されるという偉業を成し遂げられたことでも有名である。

昭和二十七年（一九五二年）、岐阜県の白川村と、荘川村という二つの村の間に、御母衣ダムが建設される計画が立てられた。両村の住民は当然ながら猛反対、しかし計画者側の電源開発との長い話し合いの結果、昭和三十四年秋、ついにダム建設が決行された。その時、電源開発初代総裁の高碕達之助氏は、村に一本の桜の古木を見つけ、住民のためにも何とかこの桜を救いたいという強い気持ちが沸き起こった。高碕氏は友人でもあった笹部新太郎氏に要望を伝えた。桜の移植は難しい。ましてや老桜である。笹部氏は早速現地を訪れ、この光輪寺の桜のほか、その近くの照蓮寺にあった古木をも見つけ、四十二トンと三十八トンの二本の移植を試みることを決意した。桜の種類はアズマヒガンザクラである。

笹部氏はこの時七十一歳。

「みろ！ 俺はこの体を張ってかかってやる。やってやるぞ！」

高碕氏は移植にかかる費用を全額負担、クレーンやブルドーザーを始め、職人たちや園芸家らを無償提供した。全員総がかりでの、大事業は、艱難辛苦を極めたが、遂にこの二本は一〇〇〇メートル離れた湖畔に移植された。昭和三十五年十二月二十四日のことだった。

果たして根が付くかどうかは、来年の春まで分からない。関係者は祈るような気持ちで春を待った。そして、皆の苦労は見事に叶ったのである。この時、木にぐるりと囲われていた藁の中から、若芽が顔を見せていた。この時、北野さんは笹部氏と現地に同行し、新しい命が顔を出している感動の瞬間を見届けられ、記事にされた。

湖底に多くの家々は沈んだが、人々が長年愛でてきた桜の老木は甦ったのである。その年の六月十二日、桜のそばに水没記念碑が立ち、その除幕式が行われた。湖底に沈んだ村の人々も招かれていた。参加者全員涙涙の式典となり、高碕氏は、

ふるさとは湖底《みなそこ》となりつ移し来し
この老桜《うばざくら》咲けとこしへに

と詠まれ、感動に唇を震わせながら挨拶された。集う人びとの中からも、すすり泣きの声が漏れてきた。のちにこの二本の桜は「荘川桜」と名付けられ、六十三年を経た今も、美しい桜を咲かせ続けている。

次に北野氏が『サンデー毎日』に書かれた記事の一部を掲載させていただく。

「わが大阪」　北野栄三

桜の研究家として一生を送った笹部新太郎さんも、スケールのあるケッタイナ人物だった。

明治の末年に東大の法科を出たとき、「月給取になると他人に頭を下げるから」と、いう理由で就職するのをやめた。そのかわり親譲りの財産を桜の保存につぎこむことにしたのである。

北野中学以来の同級生の古田俊之助さん（のちの住友総理事）も、同じ年に東大を出た。友人の古田さんが日本一のサラリーマンへの道を踏み出したのと比べると、笹部さんの選択はきわだった対照だった。

笹部さんの考え方の独特な部分は、同じ桜でも、東京都が都の花にしているソメイヨシノなどは桜にあらず、というところにあった。

昔からの日本人が、やまとごころになぞらえて愛してきた桜は、新しく改良されて生まれたソメイなどとは、まったくちがう。あのような品のない、造化のような桜を喜んでいては、日本人は品性そのものまで低下する、というのである。

「本居宣長」を書いていた小林秀雄さんが、笹部さんに会って「上方にしか生まれない人物だ」と評した、ということを「桜守」を書いた水上勉さんから聞いた。たしかに、笹部さんのような人物は、大阪の風土の産物といえるが、それだけに、大阪以外では素直に理解されにくい。

昭和三十六年、笹部さんは、友人の高碕達之助氏に依頼されて、御母衣ダムの湖底に沈む運命にあった桜をダムのほとりに移植した。つぎの年、私は笹部さんに同行をたのまれ、桜の芽が出たかどうかを見にダムへ行った。笹部さんの最後の大仕事は成功していた。（以下略）

『サンデー毎日』昭和六十年四月十四日号掲載、リレー記事、京都、神戸編に続く大阪編。

西村さんは、この荘川桜を見に行きたいと切望され、来春みんなで見に行きましょうとなった。翌二〇二〇年、武田さんが企画を立ててくれ、すべて整って出発もあとわずかとなった時に、コロナがまん延してきた。かなり迷った末、残念ながらこの旅行は急遽中止となった。その後、コロナはますます猛威を振るい、外出さえままならない日が続いた。そして何ということだ。西村さんが、コロナとは関係ない病いに倒れ、世を去られてしまったのだ。

そして今年、西村さんの弔いの旅、荘川桜を見に行こうということになったのだ。またもや旅のお世話は私だ。

今回は武田さんは参加出来ず、四年前の彼女のスケジュール通りにリベンジの旅をすることになった。ところが、以前の宿は「インバウンドの方が多く来られ、部屋は満員です」と断られる。高山は外国の方に人気の観光地だ。以前CBC中部日本放送が経営していたホテルがあったのを思い出し、電話を入れる。今は別の経営になっているが、ここなら安心なホテルだろうと推測した。予約完了。荘川桜は、高山市から白川郷への途中にあって、交通手段は車のみ。武田さん案に倣って、ホテルからの移動はジャンボタクシーをチャーター、この料金は驚くほど値上がりしていた。翌日高山へ戻ってからの昼食は、ちょっと贅沢に高山の郷土料理を出す創業二三〇年の料亭「洲さき」を予約した。

新幹線で名古屋まで行き、高山線に乗り換えて約三時間の高山まで。今回も列車だけは指定して、各自自由に行く。昨年の「風の盆」

を訪れたメンバーが中心である。参加者は、北野夫妻、山本雅弘夫妻、志風さん、井上さん、アッカマン明美さん、そして私の八人である。辻さんは長野県の「無言館」へ行かれるとのことで、不参加となった。「風の盆」の旅に比べれば楽そうだ。乗車列車を決め、宿泊所を予約し、食事処を決めるまでが、世話役の仕事。後は知りません！

高山の春は遅い。荘川桜の満開は例年だと四月の末から五月のゴールデンウイークだとのこと。ところが昨年は暖冬で四月十一日には開花してしまったという。今年はどうなのか？我々は四月二十三日に観桜の日を決めた。後は運任せである。

二十二日お昼頃、全員無事高山に到着。飛騨そばを食し、有名な上三之町を散策する。噂通り外国人で溢れている。意外に欧米系が多い。名物のみたらし団子も食べ、ソフトクリームを食べ、高山名物の駄菓子をしこたま買い込む。今夜の宿、ホテルアソシア高山リゾートまでは、シャトルバスで十五分。部屋数も多い立派なホテルである。ここも多くの外国人で溢れている。広い浴場にも外国人の豊かな体躯が目の前を闊歩している。夕食も満足。北野さんに荘川桜にまつわる話をたっぷり伺う。明日の桜との対面が楽しみだ。

翌日、ジャンボタクシーに乗り込み荘川桜を目指す。約一時間の行程だ。途中の風景が実に美しい。様々な種類の桜がつぎつぎ目を楽しませ、新緑も美しい。心が洗われるような里山の風景だ。観光客も殆どいない。

ようやく到着した現場に大きく枝を張った二本の桜が、とてつもない大きさで我々を迎えてくれた。だが、何ということ、花が殆ど見られない。地元の人の説明では、今年に限ってウソ鳥の大群がやってきて、蕾を食い尽くしたというのだ。調べてみると、ウソは桜の蕾が大好きで、今年は荘川桜が餌食になったとのことである。それでもチラホラ咲いている花を愛でながら、樹高二十一メートル、目通り（幹の太さ）六メートル近い荘川桜に敬意を籠めて鑑賞した。花こそ少なかったけれど樹齢五百年を超える老桜は、深く根を張り、大空に向かって枝を伸ばし、多くの人たちの熱意と愛情を受け止め、のびやかに育っていた。

「西村さん、ご一緒には来られなかったけれど、この桜に西村さんの愛も尊敬も伝わりましたよ」と、話しかけた。

実に六十三年振りに荘川桜との再会を果たした北野さんも、「ずいぶん根も成長し立派に生きているね」と感慨も新たにされ、次の歌を詠まれた。

古さくらちから示して花さけり
移した人の記憶とどめて

我々は荘川桜を後にして、また高山に戻り、「洲さき」で、美味なる昼食を堪能し、無事今回の感動の旅を終えた。

Chapter 10

カナダシニアカレッジその後

世界を震撼させた二〇〇一年九月十一日のアメリカ同時多発テロ事件から、早くも二十三年が経過した。

私は二〇〇一年九月四日（火）から十月三日（水）までの一か月カナダ・バンクーバーに滞在していた。日本で募集していたシニアのための滞在型スクール（CIC・カナダ国際大学）で、英語を学ぶためだ。といっても参加者は、四十歳くらいから九十歳くらいの男女だから、遊び半分の海外留学だ。午前中は寮の傍にあるキャンパスでネイティブの教師によるレッスンがあり、午後は博物館見学、現地人の居住地見学と食事会、湖畔でのバーベキュー、カナダの家庭訪問とケーキ作り、老人ホーム見学などの異文化体験のスケジュールが入る。課外授業がない時は各自、ダウンタウンへ出かけたり、近くの動物園へ出かけるなどそれぞれが自由に外出する。土日はＪＴＢが提案してくる様々な観光地へ一泊のミニトリップに出かける。カナディアンロッキー、バンフ、ホエールウオッチング、ウイスラーなどへ、小グループで思い思いに楽しむ。

ＣＩＣは、在学学生が休暇に入る期間を利用して年三回開催され、全国から参加してくるシニアの生徒は毎回五十人ほど、ご夫婦、男性軍、だが殆どはご主人を日本においてきての女性の単独参加者である。私は元ＣＢＣ（中部日本放送）の友人に誘われ、恐る恐る参加した。すでに夫は他界しており、フリーの身だったが、一か月も家を空けるのも心配だった。それに知らない人達といまさら英語を学ぶなんて…。迷っているうちに出発の日が来た。参加者は、とてもパワフルでやる気満々の人ばかりで圧倒された。

そんな中、まず最初の日曜日、九月十日には、北米の隣の州・ワシントン州のシアトルへバスツアーに出かけた。国境を越えての日帰り旅行、海と山に囲まれたエメラルドシティといわれる美しい都市だ。海辺のレストランでシーフードを食し、イチローショップを訪ね、街を歩いて英語で話しかけて町の人との交流も楽しむ。シアトルは、魅力的な街だった。楽しい一日だった。国境ではパスポートチェック、何もかも初体験のワクワクドキドキの旅だった。

翌日からいよいよ授業開始。能力に応じて十人ばかりのクラス分け。そして二日目に、テロが起こったのだ！町には半旗が翻り、テレビは一日中事件のニュース。国境も閉鎖されているという。よかった。この事件がシアトル滞在中だったら、カナダへ戻ってこられなかったのだ。不穏な中だったが、授業、カレッジデイ、卒業旅行、修了証書授与式もあり、密度の高い一か月の滞在は終了。仲良くなった全国の参加者と別れ、それぞれに帰宅の途に着いたのだった。

この滞在体験は、私にとって非常に大きな影響を及ぼした。物事に積極的に取り組むこと、前に進むこと、まだまだ何でも出来るんだということ。私は毎日放送を定年退職していて、同時期に夫を病いで亡くし、その後、幸いなことに民事調停委員に任命されて、知らない世界に放り込まれ、知らない人たちと調停という初めての仕事に取り組んでいた。そんな中での一か月のカナダでの体験。この頃から私は変わった。温室の中での生活から、独立独歩の生活の中で生きていかなければならない。自分で考えたプログラムで。

カナダから帰国後、早速英語の個人レッスンを受け始めた。東京組の有志が、グループを組んで勉強を始めたと聞き、大阪でもやろうということになった。参加者の中に高校の英語の教師をなさっていた素晴らしい男性がおられ、「ぼくでよかったら」と受けてくださった。

古賀義久先生自ら、箕面にある別宅を提供してくださり、会の名をVECベック（Vancouver English Class）と名付け、六人の仲間が集い、月一回のレッスンを始めた。古賀先生の機知にとんだお人柄と豊富な知識に触れ、充実感溢れるひと時だった。レッスン後はいつも飲み会だ。生徒は英語のレッスンには不熱心で、先生をじれさせる不出来な生徒ばかりだったが、それでも英語に触れ、先生や仲間に会い、かけがえのない時間を過ごした。教材はいつも先生が奥深い文学性のある素材を準備してくださり、英語だけでなく時にはフランス語にまで及び、心に響く授業だった。映画「ローマの休日」を読み終えた後は、マーガレット・ミッチェルの「風と共に去りぬ」の映画シナリオを学ぶことになり、スカーレット・オハラやレット・バトラーの生きざまを深読みしながら英語のセリフを楽しんだ。五年がかりで長いシナリオをやっと読み終えた頃、先生の体調に不安が起こり、やむなくレッスンは終了となった。VECは九年も続いていた。

その後、生徒の私たちは、時には旅行に出かけたり、東京での合同同窓会などに参加したりしていたが、メールで近況を伝えあうくらいに縁遠くなった。東京の英語レッスン仲間も同様に解散となったようだ。先生の健康が気になりつつ、連絡も途絶えてしまった。そんな時仲間の一人の刺繍展に誘い合って出かけ、その席で古賀先生に電話をしてみようということになり、先生に連絡。なんと先生のお元気な声が聞こえてきた。すぐに再会を決め、懐かしい先生宅を訪れ、旧交を温めた。実にカナダ留学から二十三年が経過、VECの終了から九年経っていた。

互いに二十三歳も歳を重ねていたのだが、瞬時に年月の空白は消え去り、今回は英語抜きで近況を語り合った。もちろんワインやビール、仲間の菜園で採れたサラダや豆ごはん付きである。

古賀先生が、C－Cの会誌にお寄せくださった一文を掲載させていただく。

「風と共に去りぬ」断章

戦禍の中、アッシュレーの妻メラニーに赤ん坊が生まれるあたりまで読み進みました。二〇〇四年十二月から月一回、四頁読んでいます。クラスは私を含めて七人、バンクーバーでご一緒した皆さんです。

まさしく沖に浮かぶ帆かけ舟よろしく、進みはのろいのですが、着実に読み進んで来ました。「継続は力なり」なんて言いますが、月に一度の同窓会みたいなものです。あの楽しく過ごしたカナダでの夏の終わりの思い出を胸に、お昼はビールもあればワインもあり、コーヒーとスウィーツで仕上げます。クラスの名前は「ベック」（Vancouver English Class）、出席者同士の人間同志の人間関係は互いに敬愛の念で結ばれて、「Familiarity Breeds contempt.」を知る集まりです。

この夏、書物を整理していたら、イギリスの世紀末の詩人の〝The Poem of Ernest Dowson〟が目にとまりました。若い頃務めていた職場の大先輩から分けてもらった本。この詩人はフランス文学に親しみ、実生活を嫌悪し、病に苦しみながら、逃避的な詩情に失恋を叙情形式に。その中の一編「シナラ」をここに載せておきます。

第三連に、「I have forgot much, Cynara! Gone with the wind,」（忘れ路に多くは風と消えさりて、吾はシナラよ、想いみる…）

この部分から〝Gone With the Wind〟をマーガレット・ミッチェルは自分の作品の表題にする。出版の直前までは、〝Tomorrow is Another Day〟「明日には明日の陽が」であった。この拘泥は理解に難くない。この言葉は主人公Scarlettが困ったときに何回も吐く口癖で、これがまた、彼女の「生き方」の根幹をなすものであった。

さて、どうして「明日は明日の陽が」が、「風と共に去りぬ」になったのか。その間には、なんの関係も無かったのだろうか。少なくとも世紀末詩人ダウソンの詩作品をミッチェルが愛読したのは確かと言えよう。

ともあれ、一九三六年にミッチェルは南北戦争、そして戦後再建を時代背景に偽悪家レットと勝気なスカーレットを前面に、人間の愛欲の世界を歴史小説に見事に書き上げた。大長編作品で、しかもその作品一作のみで、その後は無い。

その表題に、世紀末詩人ダウソンの詩の「ひとくだり」が飾られるという構図に、私は何やら心揺さぶられるものを禁じえません。

その作品の映画の台本を「ベック」の七人の皆と一緒に、楽しく読み進んでいけるなんて、皆さんに感謝！

私もこの素晴らしい仲間と出会いに感謝です。

Chapter 11

断捨離断捨離

断捨離断捨離とかまびすしい昨今だが、確かに私のような高齢者になると、身辺整理をしておかないと迷惑をかけてしまう。先日も弟宅を訪れた時、

「何処に何があるか書き記しておいてよ。暗証番号は？付き合いのある銀行も家の近所の二行までにしておいてよ」「もしもの時、誰に知らせるとか、遺影の用意もね」なんて言われて、腹が立ったものの、おっしゃる通り今から用意しておいても遅いくらいだ。

だが、片付けても片付けても物はたまるばかり。なんせ八十六年も生きてきたのだから身辺には山のような物品があふれている。書籍、夫の遺品でもあるLPレコード、洋服類、海外で買ってきたお土産の人形、箱に入ったままの頂き物の食器類、アルバムも何冊あることや

ら。

でも、友人が言っていた。アルバムは自分の人生の記録でしょう？　貴重な思い出まで捨ててしまうの？　でもせめて枚数だけでも減らさないと。海外旅行に行く度、一冊ずつアルバムが増え続き、今では殆ど見かえすこともない。

そうだ！　着物も整理しなくては。一人で帯も結べないから、最近は着たこともない。若い時は母に着せてもらい、どうしても着ないといけない時には、着付け師さんに頼んでいた。親族の結婚式に参列する時などだ。民事調停委員になった時、新年の互礼会や、叙勲などを受けられた方の祝賀パーティーなどで、先輩女性が、着物を着て参列されていて、びっくりした。ああ、着物っていいなあ。私も着よう！　そんな会に出席する時も着付け師さんに来ていただいていたのだから、情けない話だ。調停委員を終えると再び、着物を着る機会はなくなった。

で、タンスの肥やしになっていた着物を久しぶりに出してみた。最近は虫干しもしていない。
これは若い時に親に作ってもらった着物だから、今や派手で着られない。冬夏用をそろえた喪服だって、多分もう着ないだろう。留め袖もある。一つひとつチェックしていくうち、会社の大先輩松見万里子さんが、かつて着物の個展を開いておられ、その時求めた着物や帯が出てきた。素敵だ！これらは捨てられない。ということで、私はネット検索をして着物の着付け教室を探した。今からでも着物を着ようと決意したのだ。その時私は八十一歳になっていた。この歳で着物着付けのレッスンなんて恥ずかしいな？と思ったけれど。あべのハルカスに着付け教室「いち瑠」を見つけた。ここなら家からも近い。しかも一回五〇〇〇円で、着物類は教室に備え付けてあり、手ぶらで通えるというのがうたい文句だ。挑戦しよう！

二〇一九年七月、レッスンがスタートした。生徒は若いお嬢さんから主婦、仕事を持っている方、やはり家に親が残した着物があるから着てみたいという人たちである。多分私が最高齢だ。先生方は着物姿が美しい素敵な方ばかりだ。私たちを苗字でなく名前で呼んでくださる。とみこさん、佳子さん、明美さん、京子さんという具合に。ちょっとうれしいではないか。まずは、三か月の初級レッスンから始まった。すでに着慣れている方、私のように殆ど初心者の方、様々な生徒が七〜八人のグループとなって週一回のレッスンを受ける。教室に備えてある着物、帯揚げ帯締めなど、好きなものを選んで着る。なかなか楽しいではないか。半襟の付け方、足袋に刺しゅう、懐紙入れ、帯留め作りなどのレッスンも希望をすれば受けられる。今まで知らなかった着物についての知識も、織物、染物の歴史も習う。

でも、おっとどっこい！三か月のレッスンではうまく着られないことが分かった。もちろん卒業するのは自分の自由で、これで十分と辞めていかれる方もいる。私はもう少し頑張ろうと、中級へと進級した。この頃からお友達が出来てくる。みんな娘のような年頃だ。わたしの母が、父が、十三子さんと同い年ですゥ。中級に進むと着る腕も上がってきたと分かる。

　そしてついに上級まで進んでしまった。もう辞めようか？　クラスにはまだまだ上がある。人に着せる他装、振袖クラス、教授クラス…もちろん私は自分が着られたらいいので、レッスンはここで辞めることにする。だが着付けは際限なく奥が深く、せっかく習得したはずのこともすぐ忘れる。これは高齢のせいかと思ったが若い方も同じようだ。長襦袢を上手に着て、着物も美しく着て、帯の結び方も名古屋帯、二重太鼓、銀座結び、半幅帯などの結び方があって、難しい。

　そんな時、月一回の研究生クラスがあると知った。着物着付けをさらにブラッシュアップ、苦手なことをさらに学びなおすのだという。きっと教室を辞めればなかなか自分で着物を着て出かけることもしないだろう。月一回なら気楽に続けられそうだ。

　そんなこんなで未だにレッスンは続いている。気の合った仲間と教室以外でも着物でお出かけをしようと、美術館へ行ったり、ランチをしたりして楽しんでいる。教室の企画も多種多彩。京都の染物屋さんへ見学に出かけたり、帯留め作り、茶道体験、ランチの会、相撲の大阪春場所にも三十人の希望者が着物を着て出かけた。卒業パーティーは煌びやかだ。八十人もの生徒が全員お気に入りの着物を着てご馳走を頂きながらの懇親会。修了賞状の授与式も華やかに行われる。

だが、困ったことが起こった。着物販売会も頻繁に催され、着物の作家さんがやってくる。四季折々の着物、浴衣、単衣、袷、紗、絽、紬、コート、羽織、それに合わせた小物類、草履などの履物、私も古い着物しか持っていなかったので、ついつい今の自分好みの着物が欲しくなってしまうのだ。価格は高い！みんなもう新しいのを買うのは止めようねと言いながら、ローンを組んで買う人もいる。「夫には内緒！」の人も。最近はポリエステルの素材や中古物もあり、母親の着物を仕立て直したり、染み抜きをしたり、応用も上手になってきた。松見さんの着物も大活躍だ。

着物を着るのはたいへんだ。体力もいる。前日には試着をする。着物、それに合わせた帯、帯揚げなどをセットする。洋服だったら十分もあれば着られるのに、着物だと一時間ほどかかる。

ああ、なんということ。断捨離が目的で着物の整理を始めようと思ったのに、ついつい誘惑に負けて、何枚か買い求め、逆に増えてしまった。でも、楽しいのだから、ま、いいか。若い友達も出来たし。

今日もお誘いが来た。淀屋橋界隈のレトロな建物巡りをしませんか？ランチとケーキも…。

「シルクの会」の美女群団。左から二人目が筆者。

Chapter 12

東日本大震災・飯舘村の悲劇

二〇一一年三月十五日、福島県飯舘村に雪が降った。この頃に降る雪は、浜雪といって「ああ、もうすぐ春が来る」と、待ちに待った春の訪れを感じさせる雪だった。

この四日前の三月十一日、飯舘村から遠く離れた福島第一原子力発電所が稼働している地域に、予測も出来ない大地震が起こり、加えて大津波も発生した。安心安全であるはずだった第一原発は、大事故を起こした。地震・津波で多くの人が命を落とし、住む家を無くしただけでなく、放射能被害が加わって、日本初の途方もない大被害を生んだ。

飯舘村は、事故を起こした第一原発から二十キロ圏外であり、遠く離れていた。そこでは、農業・酪農を生業とする人々六〇〇〇人あまりが、平和な生活を送っていた。日本の美しい村にも選ばれている緑に囲まれた豊かな村だった。三月十一日、地震・大津波からの被災者が村にも避難してきて、村民たちは心優しく、懸命に彼らの世話をしていた。

ところが、三月十五日になって、この村にかなりの放射能が降り注いでいたことが判明した。この時期には珍しく北西からの風が吹いたのだ。風向きに加えて、降った雪が、上空でたっぷり放射能をすい上げ、飯舘村の田畑や家屋の上に降り注いでいたのだ。純白の雪が、その瞬間悪魔の雪に変貌していた。村には、全村避難命令が下され、大きな衝撃が走った。三月十九日には、栃木県鹿沼市へ希望者が緊急避難、そして、四月二十二日になって、村は計画的避難区域に指定され、全村民が想定外の事態に立ち向かうこととなった。以来殆どの人々は家を捨て、生活の糧となっていた田畑や牛を手放し、避難した。普通の暮らしをしていた普通の人達。誰を怨めばいいのか? 何の因果でこんな運命に…。

私たち、関西民放クラブの同好会の一つ「メディアウオッチング」のメンバーの有志が、福島テレビ、テレビユー福島などの厚意で、福島第一原発と被災地の飯舘村の実地見学に出かける機会を得た。参加者は、毎日放送、朝日放送、関西テレビなどのOB十一人である。

大震災から五年あまり経た二〇一六年六月二十九日、東海道新幹線で東京へ、東北新幹線に乗り継いで福島へ、そこからバスに乗り、飯舘村を訪れた。行程としては、翌日に福島第一原発への予定が組まれている一泊二日の見学の旅である。心重い旅である。

飯舘村へ向かってバスを走らせるうち、しばらくして道路で除染作業を行っている風景を目にし始めた。「ああ、これがテレビや新聞で紹介されている除染作業なのか」と、胸が詰まる思いと緊張感が走る。村に近づくと、その除染された土を、黒い袋に入れ積み上げてある風景が点在しだした。飯舘村一帯の土を二十センチすくい、水田地帯などに保全してあるのだ。全村避難命令はまだ解けておらず、無人の住居が立ち並んでいる。地震による傾きは我々が車窓から目にする限り殆ど見当たらず、カーテンが閉じられ、人々の姿もない村々……人がいないとこんなにも静かなのか、呼吸をしていない村。かつては子どもたちの賑やかな声が聞こえ、車や自転車が行きかい、牛が啼き、犬が遊び、人々の交わす声、田畑では時節に応じた作業が行われていた穏やかな村であった。それが今は、田畑には雑草が生え、生活臭の無くなった映画のセットのような村々。

だが、幸いなことに二〇一七年の三月末には一部の地域を除いてようやく避難命令が解かれ帰村が許可される見込みになった。除染が終了し放射能残量数が安全になったという訳である。だが約六年、あまりにも長すぎた避難、不在年月である。

我々はやがて、来春になっても帰宅が許されない帰宅困難地域のゲートまで案内された。ゲートで閉じられた道路の向こうは、長泥地区といってまだまだ放射線量が多く、特別の用がない限り、今も入れない死の地区である。またもや胸がつぶれる思いである。そのゲートのそばには色鮮やかな紫陽花の花がひっそりと咲いていた。

次に訪れたのは、飯舘村役場。この周辺だけは人々が、翌年の帰村に向けての準備に忙しく立ち働いていた。その会議室の一室で、総務課の三瓶真氏から説明を受ける。村民が被ったとてつもない不運。だが、福島市周辺に避難した人々は、時折村に帰り、長年行われていた祭りを復活させたり、子どもたちも近くの学校で同じ仲間と勉強したり、老人ホームも少しずつ入居者を受け入れ始めた。ようやくコンビニが一軒だけ開店し、一応の買い物が出来るようになった。神社の神職も避難者たちの心のケアに意を尽くしている。着々とかつての村を取り戻そうと役場の人達は懸命に働いている。

だが、アンケートによると、帰村希望者は年配者を中心に三割、帰りたくない人は若い人たちが多く三割、決めかねている人が三割という。帰っても仕事はない、死んでしまった田畑の復活に何年かかるのか？ 山は平地から二十メートルしか除染されていない。本当に放射線被害は皆無なのか？

帰宅希望者の殆どが年配者である。やはり住み慣れたところがいい！やる気のある人は、また村を復活させたい。土地を捨て、家を捨てるのは先祖に申し訳ない、と家の建て直しを始めた人、牧畜を復興させたいと、村の近くで、牛を飼い始め、彼らとともに帰村を願っている人達、一方では、もう人生、先がない、そう簡単に復興出来るものではないと、あきらめる人達もいる。なんともやりきれない。失われた六年をそう簡単には取り戻せない！若者たちが帰村しなければ、村はやがて絶えてしまうではないか！

十六万袋もある廃棄物の処理先はまだ決まっていない。民間公共交通網の整備、学校の再開、村営住宅の建設、山林の除染問題、などなど帰村に向けての難題は山積みである。

菅野典雄村長（当時）を筆頭に役所の人々は、村のキャッチフレーズ「までいの村に陽はまた昇る」（までいとは、つつましくていねいにという意味）を掲げ、村民たちの生活を取り戻すべく、日夜奮闘している。

まずは、以前から盛んであった生花業から取り組んでいきたいという。そういえば、紫陽花のほか立葵がカラフルにあちこちで咲き誇っていたし、春には水芭蕉も以前同様見事に花を咲かせていたとのこと。花たちは放射能にけなげに立ち向かい、人より自然の力がより強いということを見せつけていた。

福島第一原発見学へ

翌日、いよいよ福島第一原発の見学である。我々みな朝から緊張感と重圧感で口も重い。ホテルからバスでJヴィレッジに移動、本人確認の身分証を見せ、一時立ち入り者カードが配布される。Jヴィレッジから発電所の入退域管理棟へ移動して専用バスに乗り換え、靴カバー、サージカルマスク、手袋をつけて、バス車内からの視察である。1号機から4号機までがずらりと並び、少し離れて6、7号機が設置されている。一番ひどい損害を被った4号機には、核燃料デブリ（燃料や被覆管などが溶けて再び固まったもの）が大量に残ったままだ。その他の原子炉建屋はすっぽりカバーがかぶされていたが、4号機はむき出しのままだ。車内の我々は緊張で固まっている。構内のあちこちに原子炉から漏れた排水を保存してあるタンクが林立している。連日の放射能との戦いの中でいかにすべての核を撤去出来るのか気の遠くなるような廃炉工事が続く。

核燃料を含む貯蔵タンクはどんどん増えていて敷地内を埋め尽くしている。係の人は「外国では海中に流しているんですがねぇ」と、ポツリとつぶやいていた。構内いたるところに線量計が設置されていて、ここで働く人の被ばく線量をチェックしている。今ここで働いている人は約六〇〇〇人、最近になってやっとコンビニが開店、休憩所、給食センターも完成したものの、命がけの厳しく危険な作業で気の休まることもないはずだ。

見学の後すべての防護着を脱ぎ、身体スクリーニングを受けて、再びＪヴィレッジへ戻り、東電の担当者からの説明を受ける。淡々と被害状況を説明する係の人に少し違和感を覚えたが、彼らも辛い思いをしていることは間違いない。
こうして約四時間に及ぶ福島原発の見学は終わり、深いため息とともに、現地を後にしたのだった。帰途、海岸線沿いにある食事処に立ち寄ったが、そこには高い壁が作られていて遠方まで連なり、美しいはずの海を、まったく目にすることが出来なかった。

（以上二〇一六年八月十五日記）

そして今年二〇二四年の今も、まだ帰宅困難地区も残っているし、飯舘村の帰村者は、約二〇％で殆どが高齢者、福島県全体もかなり復活したとはいえ、漁業はじめ多くの産業や、かつての穏やかな人々の生活は戻っていない。
第一発電所に所狭しと並んでいた貯蔵タンクの処理水は、ＡＬＰＳ処理され、トリチウム以外の放射性物質を安全基準を満たすまでに浄化し、二〇二三年八月から少しずつ海に放出されているが、中国がこれに強硬に反発し、魚介類の輸入拒否が未だに続いている。処理水の放出は二〇五一年までかかるといわれていて、まだまだ長い道のりである。

福島原発事故から十三年が経過、日本に課せられた問題は果てしなく遠くて重い。

東日本大震災による死者約二万人（関連死含む）、行方不明者約二五〇〇人、避難者約三万人（推定）。

Chapter 13

佗しい近隣とのお付き合い

ごあいさつ

今年班長を務めることになりました上村です。八年に一回まわってきますので、次回の八年後はどうなっていることやら。もしかしたら今回が最後のお務めかもしれません。どうかよろしくお願いします。

「隣組」

(一)とんとんとんからりと隣組
格子を開ければ　顔なじみ
廻して頂戴　回覧板
知らせられたり　知らせたり

(二)とんとんとんからりと隣組
あれこれ面倒味噌醤油
ご飯の炊き方垣根越し
教えられたり教えたり

(三)とんとんとんからりと隣組
　地震や雷火事どろぼう
　互いに役立つ用心棒
　助けられたり　助けたり

(四)とんとんとんからりと隣組
　何軒あろうと一所帯
　こころは一つの屋根の月
　纏められたり　纏めたり

私たちの年代だったら当然この歌をご存じのことと思います。戦時中の「隣組」の結びつきを啓発する歌でした。プライバシー侵害だの個人情報だのの昨今ですが、私はこの歌が大好きで、少し長いのですが敢えて四番まで記載しました。

作詞は何と岡本太郎氏の父上の岡本一平氏です。一九四〇年にNHKラジオで放送されたのが始まりだそうです。明るいリズム(作曲・飯田信夫)も好評で、ドリフターズが替え唄を歌ったり、コマーシャルにも多く使用されました。

私たちは、同じ班に住んでいても、めったに顔を合わせることもなく、井戸端会議も全くなく、ちょっと挨拶する程度。みんな年齢も重ねました。この歌のようにお互い助け合っていけたらいいなと思っているのも、今のご時世には迷惑な話でしょうか?

コロナ禍で、家に引っ込みがちですが、長居公園の桜は今年も美しい花を咲かせてくれています。休園していた植物園も四月から改装してオープンしたようです。長いステイホームで足も弱り気分も鬱、でも出来るだけ出かけたいと思っています。

勝手な文を書いてすみません。皆様もたとえ一行でも、書いていただいて交流を深められればいいなと思っています。

（二〇二二年四月五日）

わが町の地区で八軒だけが回覧板を回す班だ。当番は一年ずつで交代なので、八年に一回当番が回ってくる。十七年前に当番が回ってきた時、顔合わせ会をやろうと思って近くの喫茶店に集まった。たった八軒なのに、普段は殆ど顔を合わせることも付き合いもなく、まして家族構成すら知らない。一度懇談して少しでも仲良くなりたいと思ったのがきっかけだった。隣人に相談したところ、今どきどれだけの人が賛同して出席されるか疑問ですね、と言われた。でも当日、全戸が参加してくださった。ご夫婦参加の方もおられた。初めて、家族は何人?などと報告し合い、ゴミの出し方や、お勧めの近隣の医者、環境問題、お気に入りのレストランなど、ざっくばらんに話し合った。とても和やかで、皆さん初めての顔合わせを喜んでいただいた。年に一回くらい、寄り合い会を開きましょうね。その年の当番が世話役となって。でもその後どなたも会合を開かれない。

そしてまた八年が経った。私はまた二回目の集まりを開いた。うれしいことに全員参加。八年経つと当然ながら家族構成も変わっている。お母様を亡くされて一人暮らしになった女性、ご主人が単身赴任されている家庭、体調がよくない奥様、子どもがすべて巣立った家、などなど。我が家も高齢者の二人暮らしで、いつご近所のお世話になるかしれない。緊急事態に備えて携帯電話の番号も交換した。仕事に出かけられて昼間は留守になっている家もあるからだ。決して安易には連絡しないことを約束して。そして「また会を開いてくださいね」と、お願いしたにも拘らず、そのまま、また八年が経ち、また当番が回ってきた。さすがに、もう集まりは開かなかった。その代わりに、回覧用の会報が届くたびに、ちょっとした文章をつけた。季節の挨拶や、身辺の出来事を綴った。冒頭に付けた挨拶と共に。タイトルは「つぶやき」とし、皆さんもつぶやいてください、と。

因みに私が住んでいる大阪市東住吉区の町は、戦前からの古い住宅もあれば、今は移転してしまったけれどシャープ(株)の本社も近くにあって、かつての重役さんたちの大きな家もあり、至って静かな住宅地だ。歩いて十五分くらいのところに大阪市立長居公園(長居競技場、植物園、大阪市立自然史博物館など)がある。

☆さくらも、はや葉桜になってきました。今年も健気に華やかに咲いてくれたことに感謝したい気持ちです。コロナの第七波が予測される中、ひと時の喜ばしい春でした。長居公園のネモフィラが、満開らしいです。植物園がリニューアルオープンしましたが、まだ行っていません。五月にはバラが咲きます。いつもカメラをさげて一人でぶらぶら出かけます。植物園へは残念ながら犬を連れては入れませんので。ある会のカメラ同好会に入っていますので、長居公園は、絶好の被写体です。

西田辺のシャープ跡地の工事がようやく始まりました。ニトリがやってくるとのことで、楽しみです。この辺には喫茶店もお菓子屋さんも、一〇〇円ショップも、ドラッグストアすらなく不便ですよね。大阪市内なのに過疎地みたい…周辺都市の方が駅前が賑やかなのに比べ、ほんとに西田辺界隈はつまらない！　楽しいニトリが出来ればいいですね。

先日の回覧に、コメントを書いていただきましたので、添付します。これからもどんどん一言でもいいですから、書いていただければうれしいです。

（四月十九日）

（返）

還付金詐欺に気を付けてください。区役所からと言って電話がありました。嘘でした。

シャープが移転してなくなって以来、灯が消えたようにヒッソリしていた西田辺。ニトリのオープンたのしみですね。

四月なのにこの暑さ、コロナ同様体調に気をつけましょう！

☆いい気候になりました。G・Wも目の前です。私はなあんにも予定がありませんので衣替えです。断捨離もしたいです。

四月半ばに班長交代の総会があります。年会費を徴収しますのでよろしくお願いします。これが班長の一番大事な仕事ですね。

お尋ねです。古い着物を捨てたいのですが。ゴミに出してしまうには心が痛みます。どうなさってますか？ウクライナに早く平和が戻ってきてほしいですね。「ウクライナの忠犬ハチ公」のニュースを見ました。飼い主が命をおとしていなくなったのに、ずっと家の前でご主人の帰りを待っているのです。秋田犬ですって。幸い優しい方に保護されたようです。ネット検索してみてください。

(返)

南田辺まつりが開催され、行ってきましたよ。皆さんも参加してください。

着物の処分ですが、思い出もあるでしょうから、ポーチとかバッグとか、クッションカバーなどを作ってみては?

私も和ダンスに着物が眠っています。捨てる勇気がなく放置したままです。

リニューアルされた長居公園へいってきました。ちょっと幸せな気分になりましたよ。

☆前回の「つぶやき」では多くの方の言葉を頂き感激でした。紙上ではありますが、まるで井戸端会議をしているような楽しさでした。今年は氏神様の神社の夏祭りの担当が回ってくるようです。

昨日は長居公園のバラ園に行ってきました。これからはシャクヤクや、アジサイなど次々開花を迎えます。ぜひお散歩にお出かけください。ついでながらお昼ご飯は鶴ヶ丘駅近くの「大城」で、お蕎麦を頂きました。ご存じでしょうがお勧めの店です。

近所にフレンチレストランがオープンしましたよ。おいしいと評判で、なかなか予約が取れないそうです。

（返）

お店は何処にありますか？ ぜひ行きたいです。

後は抜粋で…。

☆写真撮影会で、天保山に行ってきました。天保山は大阪一低い山、そこから桜島への無料の渡し船が出ていて乗ってきました。ついで、大阪港をめぐる「サンタマリア号」に乗り、一時間ほど遊覧、万博会場の夢洲などを船から見物しました。大阪にもまだまだ知らないところが多くいい体験でした。

長居公園スタジアムで今年もイベントがあり、今年は「Ｍｒ．Ｃｈｉｌｄｒｅｎ」のコンサートがあるとお知らせが来ましたね。長居スタジアムはＪリーグのセレッソ大阪のホームグラウンドでもあり、時々賑やかな声援の声が風に乗って聞こえてきます。セレッソの試合をご覧になったことがありますか？三度ほど行きましたが、とっても楽しかった！です。こんなに近くに住んでいるのですから、是非行ってください。

☆家の前の側溝に蛇がいてビックリ！以前郵便受けにも入っていたことがあって驚きました。蛇の方もびっくりしたらしくそそくさと逃げていきました。こんな時保健所に届けるのでしょうか？　でも蛇は同じところにじっとしていませんよね。皆さんもお気をつけて！

でも小さくてかわいい蛇でした。

☆介護制度は二〇〇〇年に施行されました。義母も夫もこれ以前に他界しました。支援を求めて保健所や病院などを駆けずり回り、途方にくれました。二〇一五年に義妹が大腿骨を骨折しましたが、この時初めて介護施設のお世話になり大助かりでした。介護認定も受け、ケアマネージャーが付き、デイサービスにも通うようになりました。
最近、家の前を走っている車の殆どが、介護施設の車。ずいぶん施設も増えたようです。でも、いざとなると何処へお願いすればいいのか分かりません。近くにいくつ施設があり、どんなサービスが受けられるのか一度調べたいと思っています。リハビリに向いたところ、認知症患者用、それぞれ症状は違いますし、どれほど充実したケアが受けられるのか？　福祉事務所に行けば資料が整っているのでしょうか？ご存じの方がいらしたら是非教えてください。次は私がお世話になるかもしれませんし、いずれは入ることになるケアハウスのことを知りたいです。利用料もピンキリ、ホテルのような豪華な施設もあります。

Dさんが転出され、淋しくなりました。

☆梅雨が明けたと思ったらいきなり猛暑、身体がついていきません。コロナ感染者もまた増えてきました。四回目のワクチン接種のお知らせも来ました。

安倍元首相死去のニュース、愕然としました。「どうか助かって」と念じましたが、残念な結果でした。こんな暴挙が日本で起こるなんて身体が震えます。選挙に行ってきました。今夜もまたテレビにへばりつきです。

ハエたたきが欲しくて一〇〇均に行ってきました。見つかりませんでした。こんな些細なものをネットで買うのも？と思いながら、調べてみましたら、いまどき色んなハエたたきが出回っていて二〇〇〇円～三〇〇〇円のもありました。ビックリ！ 別の一〇〇円ショップへ行って探します。一〇〇均て面白いですね。ついいろんなものを買ってしまいます。

友人二人が、介護認定を受け、それぞれリハビリに通い始めたそうです。それが素晴らしい施設で、個別にプログラムを組んでくれ、三時間もリハビリ、大満足とのこと。介護制度もどんどん整ってきて大満足と言っていました。私も行きたいくらいです。

Cさん、いつもコロナ情報をありがとうございます。最新の現場のお話が伺えて参考になります。のほほんと過ごしている私は尊敬の念でいっぱいです。

（七月）

☆日本ではまだ発症者はいないそうですが、欧米ではサル痘が流行し、WHOが、緊急事態宣言を発しました。人類とウイルスの追っかけっこですね。
コーナンで買ってきたキュウリの苗二本が成長し六本ほど実りました。自分で育てると特別おいしく感じられ、うれしいものです。家庭菜園はなさってますか？ 私は手間暇かけて世話をするのが面倒なので、これ以上は出来ません。明日は天神祭りですが、やはり大変な人出なのでしょうか？ お願い！ これ以上感染者を増やさないで！

（七月）

☆大阪府に高齢者の外出自粛要請が出ました。高齢者の重症化が多い為ですが、高齢者ほどコロナ禍で失った時間は貴重で大きく、ここ三年間で、体力は無くなり、人と会わないから何も楽しいことがありません。
長居公園がリニューアルし、おしゃれなカフェや子どもの遊び場、スケボーの練習場も出来たのですって！ これまで喫茶店一つなく、出かけてもひと休みも出来なかったので、楽しみが増えそうです。

四十五年続けていた陶芸教室が今年十二月で閉じると先生から言い渡されました。かつては多かった生徒も今ではたった五人になりましたが、長年の付き合いで毎月二回出かけ、手も口も動かし、料理や健康、悩み事などあらゆるお喋りをしていて楽しく、作陶以外に充実した時間でした。そろそろ終活に入れ！と言われたようで、こうして一つひとつ出来ないことが増え、命を終えるのかと淋しくなりました。たまにアルバムを繰っても多くの友人が他界していて悲しいです。でも秋になれば、陶芸展、絵画展、写真展、歌の発表会を控えています。ガンバロ！

パソコンはされていますか？私は「つぶやき」を始め、ワード、メール、写真、エクセルも利用していますが、時々トラブってパニックになります。困った時助けてくださるパソコンに詳しい方はいらっしゃいませんか？

（八月）

☆連日凄い猛暑ですね。日照りも強く湿気が多いので一歩も外へ出られません。と、言いつつ昨夜、長居植物園のチームラボによる光のページェントへ行ってきました。チームラボは、前日にネットで調べて分かったのですが、予約制でまず、スマホなどで予約をし、クレジットで先払い。現地には、窓口もなく現金では入場出来ません。一人一六〇〇円。最近この方法が多いです。コロナで人と接触しないようにですって。予約するのにＰＣと大格闘、当日は入り口でスマホに送られてきたＱＲコードを見せるのです。これでは高齢者はスマホも持たない人もいるし、入場は出来ません。ひどいです。園内には木々に照明、球体に灯り、音楽が流れていて雰囲気を盛り上げています。大きなスクリーンにゆらゆら動く七色のイルミ、池には精霊流しのような灯りなどなど。幻想的な世界が醸し出されていました。でも、昼間の暑さは夜になっても高温のまま、そこへ突然の雨、一気に湿気も上がってきてサウナ状態、地獄でした。内容もかなりガッカリでした。でも近くでこんなイベントが毎夜行われるのは活性化になっていいで

すね。もう少し涼しい夜にお出かけください。（八月）

☆この辺は水道管の埋め込みが浅いのか、水道の水が生ぬるいです。ソーメンも冷やせません。大阪の水は、かつては臭くて飲めませんでしたが、今では「ほんまや」「ええやん」と、銘打って売り出しているくらい水質がよくなったそうです（現在は中止）。（九月）

☆昨晩は中秋の名月でした。私は空を見るのが大好きで、昼間は雲、夜は月とお星様を眺めます。でも最近は星が殆ど見えません。子どもの頃は、夏休みの宿題に星座などを描いていて、その頃は天の川も見え、織姫様と牽牛様、オリオン座、北斗七星など空いっぱいに星が広がっていました。昨夜の名月は煌々と輝き、きれいでした。友達とスマホで撮った写真をメールで送信して、見せっこしました。最近は天体は人工衛星だらけ、人を送り込んだり、基地をつくったり、騒がしいです。現在では四四〇〇個もの人工衛星が飛んでいるそうですよ。でも、私はお月様にはウサギが餅を搗いていていてほしいと思います。馬鹿ですか？

Bさん、商店街に新しく出来た食事処、私もちょっと気になっています。スーパーの横にあまり美しくない食堂がありますよね。そこではお弁当を作っていて配達してくれるそうです。手作りですからおいしいのですって！　利用されているご近所の方から聞きました。私は今のところ、まだ、食事は作っていますが、最近はお弁当や、出来上がったお惣菜、冷凍食品の通販を利用している方が随分増えました。女性は料理をするから元気なのだとも言いますから、頑張ります。

（九月）

☆久しぶりに近所をうろうろしてビックリしました。鶴ヶ丘にあったスポーツジムは閉鎖、西田辺駅近くのコンビニもなくなっていました。

読書はお好きですか？　私は友人と交換などしながら、乱読しています。難しい本は苦手でもっぱら小説です。最近は朝井まかてさん、柚月裕子さん、原田マハさんなど女性作家の本を読んでいますが、土井善晴さんの『一汁一菜でよいという提案』や、辻仁成さんの『パリの空の下で、息子とぼくの三〇〇〇日』は、とても面白かったです。最近は本屋さんも減り、たまに出かけると四冊くらい買い込んで帰りますが、外れも多い。アマゾンも利用します。翌日には配送料無料で届きますから便利です。お勧めの本があれば是非教えてください。よろしければ交換もしませんか？

（九月）

☆先日、用があり区役所の福祉課を覗いてきました。ありました。ありました。介護サービス事業者ガイドブックが。「ハートページ」という二一六頁にも上る立派なガイドブックです。近隣の六区を総まとめした冊子で、無料でしたので一冊頂いて帰りました。凄まじい数の施設があり、住所や規模が記載してあります。これを見てもすぐに利用出来るものではありませんが、いざという時の参考になると思います。こんな冊子があるのをご存じでしたか？

三日から淀屋橋近くの小さなギャラリーで、仲間と三年振りに展覧会を開催、私は絵画、写真、陶芸を出品しています。芸術の秋です！

（十月）

☆ちょっとネタ切れ。個人的に言えば、コロナ禍でお休みしていた絵画教室が十月からようやく再開です。先生や仲間に会えるのが楽しみです。家でぐうたらしているのが日常になり、和紙でブローチを作ったり、Tシャツに絵を描いたりして友達にプレゼントしています。この時間がある今こそ断捨離をしたいですが、なかなか出来ません。時にはケーキを焼いています。小さな庭の芝刈りが大仕事です。医者通いも忙しいです。コロナ感染者が多い時は薬だけ送っていただきました。

☆歓迎！Ｅ様。お若いご夫婦が我が班に来られてうれしいです。慣れないことがあればいつでもお尋ねください。

富山の立山の紅葉を見に行ってきました。富山には従妹がいますのでよく行きます。好天に恵まれ全国旅行支援を使え、かなりお得な旅でした。弥陀ヶ原の紅葉は美しく、室堂の夕陽の美しかったこと！九月に、「おわら風の盆」が開催される地、八尾にも寄りました。人のいない八尾を訪ねたかったのです。かつて養蚕業などで栄えた情緒たっぷりの古い町並みが素敵でした。関西の紅葉もそろそろですね。またカメラを担いで何処かへ出かけたいです。南田辺運動会も覗かなくては…。

（十月）

☆昨日家の前を掃除していてサンダルが突っかかり、後ろ向きに転びました。頭を少し打ち、瘤が出来ました。パニックです。次週に医者へ行き、念のため頭のMRIを撮りました。無事でした。認知症もチェックしていただきました。大丈夫でした。ヤレヤレ。ホッとして帰りにハルカスの近鉄百貨店に寄り、来年のカレンダー、手帳、書籍などを買いました。オリックスのパリーグ優勝記念セールをやっていて賑わっていました。
Bさん。私の友人が入っている京都の施設は、一日十五分だけ面会可能になりました。以前はお弁当やおやつを買って行き、彼女の部屋で食べましたのに、玄関先のみが許された場で、侘しいことでした。

（十一月）

☆今年もあと一か月になりました。コロナはまだ収束しないし、マスクも手放せない、ワクチンも五回打ちました。大阪市プレミアム券を二口買い求めました。二万円で二万六〇〇〇円使えます。さて市からお知らせが届き、ファミリーマートで商品券を受け取るのがまず第一関門。取り換える時間が午後二時から四時半という制約があり、店のコピー機を使って手続きをするのですが、やり方が、分からない。コピー機の前で手間取っていると、後ろに並んだ女性が、手伝ってくださり、やっと取得。それをレジで金券と取り換えるのですが、レジの人は、使い方は分かりませんという冷たい返事。貰った紙でそのまま使う方法とスマホに取り込んで使う方法があり、スマホに取り込んだ方が便利ですよと教えられ、また四苦八苦してアプリを作成、勇んでスーパーで使おうとしたら、お店の人もよく分からなくて二人で？？？　レジには次の人が並んでいるので、「いいです。現金で払います」と、あえなくアウト。後日ロフトでゆっくり教えていただきながら使いました。これだから年寄りはダメですね。折角利用しようとしたのに置いてけぼりの感。高齢者は、スマホやアプリなど難しくて出来ません。皆さんはいかがでしたか？

ワールドサッカーで、日本は強豪ドイツに勝ち、日本中沸き立っています。街もクリスマス、年末商戦で賑やか。どうかコロナがこれ以上広がりませんように。

難波のギャラリーで写真のグループ展、西宮で陶芸展を開きます。年賀状も書かなければ。やはり十二月は忙しい。　（十一月）

☆いよいよ今年もあと三週間、今回の回覧も年末年始のゴミ収集日のお知らせが来ました。二〇二二年も結局コロナコロナで明け暮れ、心が晴れない一年でした。

（十二月）

☆明けましておめでとうございます。楽しいお正月でしたか？回覧は、確定申告のお知らせです。私は毎年ＰＣで申告していますが、いつも悪戦苦闘です。一年分の医療費をため込んでも結局十万円を超えず、無駄でした。大阪国際女子マラソンが二十九日に開催されますね。以前はわが家に友人たちを招いて「マラソンを見るホームパーティー」を開いていました。十年くらい続いたでしょうか？もうみんな歳を重ね、そんな元気もなくなりました。

梅の香りが漂ってきました。春もすぐです。今年こそ穏やかにゆったり過ごしたいものです。

（二〇二三年一月）

☆マイナンバーカードは作られましたか？私は昨年十月に、やっと作りましたが、ポイントを貰うのがややこしい。キャッシュレスカードに取り込んでくれるのですが、私はペイペイなど作っていません。やっとスーパー・ライフのショッピングカードで使えることが分かりました。まずライフのカードに二万円をプリペイドで振り込み、その後、幾日かしてライフのカードに入金されるのです。変ですよね。次は保険証と紐づけるとかで、一万五〇〇〇円頂けるそう。またやり方が分かりません。ドコモのお兄さんがやってくれました。何のカードも持っていない義妹はもっと大変でした。もうマイナンバーカードなんていらない！ その義妹の銀行口座を解約しようとしました。遠くまで歩けないので、近くの銀行にまとめようとしたのですが、本人が窓口へ来ないと手続き出来ないのです。長距離を歩けない義妹を車椅子に乗せて駅前の銀行まで押して行きましたよ。老々介護は何もかも大変。

（二月）

☆バレンタインデーで、にぎやかです。日本人はお祭り好きなのか、欧米のイベント、ハロウィンやクリスマス、パリ祭、なんでも取り込んでいます。なのに日本古来のお正月の行事がだんだん薄れてきました。しめ縄も飾る家が減り、おせちも買うのが当たり前、恵方巻は食べても豆撒きはしないとか、淋しいことです。私は未だに三日かけて黒豆を煮たり、おせちも手作りしていますが。これも年寄りの虚しい繰り言？ ロシアのウクライナ侵攻も二年目。北朝鮮のミサイル発射、トルコ・シリアの大地震。ちょっとうれしいのはコロナ感染者が減少したこと。私の所属している会でも、三年振りに春の総会・懇親会が開けそうです。

（二月）

☆Dさん、赤ちゃん誕生おめでとうございます。高齢者ばかりのこの辺に赤ちゃんは何年振りでしょう。子育て大変な昨今ですが頑張ってください。

ご本人から「お陰で元気な男の子が生まれました。賑やかになりご迷惑をおかけしますがよろしくお願いします」と返信がありました。

（二月）

☆二月二十日に藤井寺道明寺の梅を観に行きました。三分咲きでちょっとガッカリ。今年は二月に入って寒い日が続き、大阪城の梅も遅いようです。次は桜ですね。
最近ピラティスを習い始めました。家の近くに教室があり、便利ですし、呼吸法を使いながら、インナーマッスルを鍛えるのが気に入っています。飛んだり跳ねたりしなくて寝転がってする体操が多く、高齢者にはいいと思います。皆さんジムなどへ通っていらっしゃいますか？ 花粉症が年々ひどくなりました。目がかゆくて、くしゃみ、鼻水、辛いです。

（二月）

☆そろそろ衣替えの季節です。ダウンコートなどとようやくオサラバです。
慶元医院の息子さんの整形外科の病院が建設中です。整形は歳を取るとお世話になることが多いので、近くが便利です。ニトリがいよいよ四月一日に開店です。西田辺も少しは賑やかになるのでしょうか？

マスクの着脱も自由になり、何となく道行く人の表情も明るくなりました。子どもたちも長い間のマスク生活で気の毒でした。コロナワクチンは七回打ちました。インバウンドもどっと増え、街を歩けば、外国語がよく聞こえてきます。第九波到来なんてことが起きませんように。

私の班長も間もなく終了です。明日三月二十日は私の八十五歳の誕生日です。仰天です！今後は皆様のお世話になることも多いと思いますがよろしくお願いします。

（三月）

Aさんのご主人が、町内会の副会長もしておられ、奥様も子供会の会長や、見回りパトロール車の運転もなさっていて、お世話になっている。Bさんはかなり大きな介護会社にお勤めになっていて、生々しい現場のコロナ情報を伝えてくださった。他の方々も時に応じてつぶやいてくださった。

☆一年間の班長も終わりです。班長としての仕事は殆どありませんでした。この「つぶやき」は、三十三回書きました。あまり会話のキャッチボールが出来なかったのが残念です。私の一人相撲だったのかなあ！　私だけが自分のことを丸裸に書きまくっていました。皆さんからはちょっと返信が少なく残念な結果でした。これが個人情報などを守るということなのかなあ。

でも、最後には、毎回上村さんの「つぶやき」が楽しみでした。ご苦労様でした、などと言っていただき、まったくの無駄ではなかったのかなあと自己満足しています。

（三月）

当番が終わって家の外へ出ても、相変わらずご近所さんと顔を合わせることは殆どない。こんなものなんですかねえ。ご近所付き合いは難しい。願う方が無理なのかもしれませんね。

うれしいことに、二〇二四年の今年になって「つぶやき」が復活した。Bさんは施設で使うので古いタオルがほしいと書いてこられ、届けた。これこそが近所の付き合いですね。私の「つぶやき」は無駄ではありませんでした。

Chapter 14

深夜の救急病院待合室

別項で高齢者のお風呂事故のことを書いたが、我が家でも二〇二三年十二月も押し詰まった二十七日の夜にそれは起こった。

毎夜、義妹の後で十時半頃に入浴することになっていたある夜、ふと気が付けば十一時になっても義妹がお風呂から出てこない。え!?おかしいなと思って浴室を覗いてみると、湯舟に浸かったままボーとしているではないか。

「何しているの?早く出なさい」と、声を掛けたが自力で出られない。慌ててお湯の栓を抜き、手摺につかまらせてもすぐにだらっとして掴めない。これは変だ。お風呂で亡くなるというのはこういうことなのか。時間も遅いので相当迷ったが近所の友達に電話をして「すぐ来て!」と応援を頼んだ。門扉を開き、玄関のドアを開けっぱなしにする。まだ湯が残っていたが、服を着たまま湯舟の中に入り、後ろから抱き上げようとするが、びくともしない。これでは一一九番するしかないと電話。電話に出た方は、住所、名前、症状などを聞くと、「分かりました。いま、救急車が出発しましたよ。すぐに着きますからね。胸は動いていますか？ 異変があったらおっしゃってくださいよ」「寒いから毛布などを掛けてあげてください」と、絶えず話しかけてくださる。友達も来てくれた。「十三子さん、服を着がえてらっしゃい！」

やがて救急車が到着、この時点で電話を切る。隊員はテキパキと担架を持ち込み、義妹を救急車の中へ運ぶ。

私は、保険証、お金、下着や洋服、靴などをバッグに詰め込んで乗り込む。私もお風呂へ入る前だったからスッピン。義妹はスッポンポン。

これから受け入れ先の病院探しだ。義妹が入院したことがある近くのM病院へ当然運び込まれると思っていたら、この時間では検査が出来ないと断られ、その他三か所ほどノー。やっと大阪けいさつ病院が受け入れ可となり、救急車はサイレンを鳴らしながら疾走。揺れる揺れる。酔いそうだ。

大阪けいさつ病院は天王寺区にあり、比較的我が家から近い。友人の見舞いに行ったこともあるので馴染みもある。ちょうど夜中十二時に到着。義妹はすぐ検査室に、私は薄暗い待合室の椅子に掛けて待つ。なんだか薄気味悪い。救急車を呼んだのは三回目だ。夫が二回お世話になった。一回目は昼間で、呼吸がしんどそうだったので、当時かかっていた国立大阪病院(今の国立病院機構大阪医療センター)へ。幸い大事に至らなかったので検査の後すぐ帰宅出来たのだが、この時は履きものを持ってきていなかったので、慌てて売店で買い求めた。この時から救急車に乗る時は靴を忘れないことがインプットされた。二回目は、当時の主治医の紹介で大阪鉄道病院へ。だが、この時の入院を最後に夫は帰らぬ人となった。

もう一人救急車で運ばれてきた。やはりぽつんと腰かけて待つ付き添いの女性とお喋り。彼女の知人は検査の結果大丈夫だということでやがて帰っていった。また一人ぼっち。

午前三時半頃、ようやく医師が、「どうも胆嚢が悪いようです。明日九時に手術かどうか決めますので、ご本人はこのまま入院していただきます。朝九時には来てください」

タクシーを呼び帰宅した時は午前四時過ぎ、明日、いえ今日の八時半にはまたタクシーを呼ばなければいけない。

実は義妹の様子は二日ほど前から変だった。一昨日は珍しく食欲がないと朝食を食べず、夕食は軽いものを食べ、その翌日はデイサービスに行った。買い物の途中、その介護施設へ立ち寄り、様子を聞いたが、熱はないけれど何となく元気がないとヘルパーさんの話。だが、三時半に帰宅する直前、熱が少し出ていると言われた。帰宅後すぐにかかりつけの医者に連れていき、診察していただいた結果、何処かに炎症があるようだがよく分からない。一度尿検査をしてみましょうとのことで採尿。結果、膀胱炎と診断され抗生物質を処方されて帰宅した。熱は下がっていた。膀胱炎であれば排尿の時痛みがあるものだが、義妹は痛みを一切訴えないしホントかな？ そしてその夜入浴中の異変だった。一体どういう関連があるのか不明だ。

二時間ほど仮眠を取り、また大阪けいさつ病院へ駆けつけた。医師の説明でやはり胆嚢炎、これから手術をしますとのこと。あれこれ書類にサインをし、十一時頃手術室へ。腹腔鏡手術をするが、場合によっては開腹になるかもと。この日は月参りのお寺さんが来られる日、ヘルパーさんの予定も入っている。そうそう介護施設のケアマネージャーさんにも連絡を入れないといけない。

約二時間、待機室で待つ。そこには手術結果を待つ数名の家族が、落ち着かない様子で待機している。やがて手術をしてくださった医師が、顔を出され、説明を受ける。

「やはり胆嚢炎でした。ほら、胆嚢に炎症があるでしょう?」なんか、ベロンとした赤い茶色の物体を見せられる。

「それとですね。これが出てきました!」と、直径四センチほどの黒い楕円の石！ アボカドの種くらい大きい。

「え? こんな大きなものが!」絶句！ こんな物をお腹の中で大事に

育てていたとは？　じっと動かなかったから痛みも出なかったのか？　普通七転八倒するほど痛みが出ると聞いていたが。

とにかく原因が除かれてよかった。救急車で運ばれて以来、初めて本人に面会し、元気なのを確認して帰宅する。義妹の訪問リハビリに来ていただいている理学療法士さんが病院へ迎えに来てくださった。

翌日の午後に面会に行く。十五分だけ面会可能とのことである。まだコロナが影響しているのだ。本人はケロッとしていて元気だ。「明日は来ないからね。年末で忙しいから」と言って帰宅したのに、その日の夕刻に病院から電話が来て「明日退院です！」と。

あゝもう少しゆっくりしたかったのに。また午前中に迎えに行く。ありがたいことに甥が車で送り迎えをしてくれた。

年が明けた一月の診察時での血液検査の結果、悪かった数値はすっかり正常値に戻り、めでたく解放された。とんだ年末年始だった。もし私がお風呂を覗かなかったらどうなっていたことか。何度も言いますが、特に一人暮らしの方、入浴にはくれぐれも気を付けてくださいね。

Chapter 15

ホームパーティーと孤独死

先日豪華なお家でのホームパーティーにお誘いを受け、行ってきた。

その友人のお家は、西宮市の坂の上にあり、近所は立派な豪邸ばかり。彼女のお家も広い敷地に広い庭、芦屋湾や神戸湾が一望できる立地にあり、大阪市内の庶民の町に住んでいる私とは、比べようもないセレブなお屋敷である。

日本に数少ないといわれる素晴らしいピアノが、最近調律が終わったので、皆さんに聞いてほしいとのお誘いが来たのだ。

喜んでお伺いしましたとも！　当日、彼女Aさんは、紫色のロングドレスでお出迎え、まさにマダムである。私たち友人三人も、ちょっとおしゃれをして訪問した。ほかの客は、Aさんの知人やピアノ調律師、社交ダンスの男性コーチなど七人、それにプロのピアニストと若く美しいクラシック歌手。

マホガニーのグランドピアノは美しく、かつては娘さんが弾いておられたとのこと、Ａさんは弾かない。Ａさんは私と同い年、スイス人の方と結婚され、超セレブな生活を送られている。南極へも北極へも旅をし、豪華な世界一周のクルージングには三回も乗船、他にも素敵な旅の数々も。ご主人は他界されたが、息子さんと娘さんはスイスに暮らし、お孫さんもいらっしゃるとのこと。マダムは二人からの同居の勧めを断り、ご主人の思い出とともに今なお一人でこの家に住んでいる。家の中にはご主人と旅した時のスーベニールが所狭しと飾られている。お手伝いさんも庭師も来ているのは当然だ。でも感心なことに、食事は自分で作り、ユニクロ大好きな女性で、至って気さくな人である。

素晴らしいピアノと麗しい歌が終わると部屋を代えてシャンパンで乾杯、ケーキなどを頂いて暫し歓談。その後はみんなで車で出かけ、また豪華なイタリア料理のおもてなしを受けた。その後、自宅へ帰りついてやれやれ。いつもの日常が始まる。住み慣れた我が家は豪華でなくても居心地がいい。私のネストだ。
いいではないか、人は人、いろんな人生！それぞれ。

我が家でも、かつて年に一度、ホームパーティーを開いていた。長居スタジアムが近いので、毎年行われている「大阪国際女子マラソンを見るパーティー」と称して、多い時は二十人近くの友人たちで賑わった。冬なので私はおでんを用意しておき、料理人の男性があれこれ料理の腕を振るってくれた。それぞれが持参した食べ物やケーキ、果物、ワインなども集まってくる。家のテレビでしばしマラソン観戦をした後、長居公園まで出かけ沿道から大声でゴール間近の選手たちを応援する。陶芸の仲間、民事調停委員の仲間、毎日放送時代の同僚、英語の先生のオーストラリア人夫妻、いろんな人が集まりワイワイガヤガヤ、十年ばかり続けたこのパーティー、かけがえのない楽しい思い出である。

パーティーではないが、先日着物教室の仲間四人が我が家へやってきた。私の描いた絵や陶芸作品などを見たいというのである。あわてて散らかった部屋を片付け、食事は近くのレストランですませる。絵や陶芸作品を取り出して並べ、いくつかをさしあげた。というか無理にお持ち帰りいただいた。私にとっては一種の断捨離だ。みんなが帰ると、またわが部屋は適当に散らかり、住み心地がよくなる。

しばらくして今度はそのうちの一人の自宅マンション・いわゆるタワマンへ招かれ、同じ仲間でお邪魔した。ご主人がアメリカへ出張中だとのことで、その留守を狙ってのお邪魔虫。彼女は日頃から「私、ミニマリストなんです」と言っていたから、お部屋はスッキリ、さすがである。その時は、マンションの近くで買い物をして食べ物を持ち込んだ。ポットラックパーティーである。

難波駅に近いその住まいは、周囲の庭もよく手入れされ、緑もたっぷり、お部屋ツアーで、すべての室内を見せてもらった。十二階からの眺めもよく、4LDKの広々としたマンション。収納スペースもたっぷりあり、趣味の良いインテリアで飾られ、バルコニーもゆったり。またまたみんなでため息。レコードから流れるジャズの調べを聴きながら、暫しゆったりとした時を過ごした。因みに着物着付け教室の私たちのグループ名は、「シルクの会」と名付けた。一人だけとびぬけて高齢の私を除いて、みんなは四十歳～六十歳で五人の仲間だ。教室の企画で、六月は手作り味噌を体験し、七月は「ロミオとジュリエット」の観劇に行く。もちろんすべて着物着用である。教室は月一回だが、体力に合わせて、適当にサボりながら、楽しんでいる。

そんな時またホームパーティーのお誘いが飛び込んできた。彼女Hさんは大学の同級生。ご主人と大きな会社を立ち上げ成功を収めた。もちろんその成功は、たゆまない努力と苦労の結果であろう。今や悠々自適の生活。趣味も多く、多芸多才。特にシャンソンはプロ並みの上手さで神戸の劇場を借り切ってコンサートを開き、私も招待された。

そして今回は応援しているピアノ奏者を招いてのホームコンサートをこの秋に催すので来てくださいとのこと。三十人もの客を呼ぶという。たまたま私の知人が世界一周の船旅でHさんと知り合い、その時の仲良し四人が、帰国後お互いの自宅訪問をしましょうと約束をした。一番目がHさんの家。あまりの素晴らしさにその後は誰も自宅に呼ばなかったということである。今回だって多人数の招待客だというのだから、どんな家なのか今から楽しみだ。

ほんと、人生それぞれ、それぞれ。


人の数だけそれぞれ住まいがある。我が家のすぐ近くにワンルームマンションがあり、いろんな住人が常に入れ替わり住んでいる。みんな一人ぼっちの暮らしらしい。若い人、お年寄り。回覧板も回さないから、どんな人々なのか分からない。その中でいつもワンちゃんを散歩させている高齢の男性がいた。わたしは、「可愛いワンちゃんですね。お名前は？　何歳ですか？」と話しかけるのだが、いつもそっけない答えしか返ってこない。どうも一人暮らしの様子だから出来合いの料理の一品でも届けたいと思うのだが、人を寄せつけない感じの人だから、どうしようもない。そのうちワンちゃんの姿が見えなくなり、一人で歩いておられる様を数回見かけただけで、最近はその本人も見かけなくなった。もう一人同年代の女性と、出会えば話をする人がいた。一人暮らし。読んだ本の交換もしたことがある。でもそれ以上の付き合いはない。名前も知らない。彼女はベランダに鉢植えの木を数本育てていた。ある時その植木がすっかり無くなっていた。夜に電気もついていない。一度思い切って訪ねたが、留守だった。とっても心配。

そんな時、マンションの管理人さんなのか、外回りを掃除されている男性がいた。時々みかける人だが、話したことはない。私も我が家の塀の外に飾っている花鉢を高みにまで吊り上げようとしていたのだが、最近は脚立に乗るのも怖い。厚かましいがその男性に声を掛け、助けを求めた。「あ、いいですよ」と、彼は軽々と鉢を吊るしてくれた。

その時、気になっていた二人の様子を尋ねた。

「その男性ならお亡くなりになりました。ワンちゃんは弟さんが引き取られました」

そうだったのか。でもワンちゃんは引き取られていってよかった。いつも散歩に連れていってくれたお父さんがいなくなってさぞ淋しがっているだろうな。

もう一人の女性は施設に入られたとのことであった。

淋しいなあ！ 人生それぞれだけど。

Chapter 16

終の棲家は何処にしますか？

高校以来の親友が、いま介護ホームに入っている。

彼女は一人暮らしで、両親を見送った後、京都の素敵なマンションに住んでいた。七十歳後半の頃、そろそろ老人ホームへ入ろうかと思ってるのよ、と探し始めていた。もともと彼女は資産家で、優雅に暮らしていたが、そんな生活が思うようにいかなくなったのは、父上が亡くなられた頃から始まる。遺産相続がうまくいかなかった。バブルの真最中に相続し、高い相続税が課せられた。すぐにバブルがはじけた。資産の価値が下落した。続いて母上が亡くなられた。また相続税である。同時に、長い間世話になっていた税理士さんが亡くなられた。持っている財産を殆ど売り、いつも「現金がないの」と、嘆いていた。最後に銀行信託によるマンション経営も、価値が下がってしまって不良債権となり、今住んでいる自宅マンションだけが最後の砦となった。

彼女とは国内外の旅行も何度か行き、趣味の世界も一緒。祇園祭りでは、私たちに声をかけ誘ってくれて、何度も楽しませてくれた。そんなある日、友達と約束していた場所に彼女はやってこなかった。いつもきちんと約束を守る人だから、オカシイ?と、友人たちはマンションの管理人に、部屋を覗いてほしいと依頼したが、親族の人以外開けられないという。友人たちは、彼女の親戚の連絡先までは分からず、ヤキモキと数日が過ぎた。

やっと管理人と親戚との間で連絡が付き、部屋を覗くと彼女はそこに倒れていた。すぐに病院へ運び込んだ結果は、水頭症だった。幸い手術はうまくいき、命は助かった。だが、水頭症は後遺症が出る。高次脳記憶障害、認知症である。もう一人では生活が出来ない。従妹たちが、彼女のマンションを売却し、いま入居している介護施設にお世話になることになった。従妹さんたちと我々の連絡方法もなく、かなり日が経ってからようやく彼女の施設の場所が分かった。

彼女と親しい四人の仲間と訪ねた。彼女は、私たちのことをすぐに分かってくれて、「わざわざ来てくれてありがとう」と、喜んで迎えてくれた。彼女の部屋は、トイレ、洗面所、衣類タンスがついていて、そこにベッド、テレビ、テーブル、整理ダンスなどが設置された一部屋だ。食事は食堂で仲間と一緒にとる。決して大きいとは言えない部屋が、彼女の専有物である。この規模の老人ホームはかなり一般的で、標準らしい。入居費のほかに毎月二十万円くらいは必要と聞いた。やはりお金は必要だ。国民年金だけの人は何処にも入居出来ないではないか。

私たちが持ち込んだお弁当やお菓子を一緒に食べながら、お喋り。普通に見えてやはり彼女の話の内容は時々おかしくなる。一方、過去の記憶は私たちよりよく残っていて、驚く。だけど悲しくて悲しくて泣きそうだ。彼女の今の記憶は、すぐに消えてしまうらしい。私たちに会ったこともすぐ忘れるのだ。でも、ひと時だけでも楽しく過ごせればいい。

それから四人で年に二度くらい彼女を訪ねた。症状は進むこともなく、毎回「遠くから来てくれてありがとう」という言葉に迎えられ、私たちの名前も忘れてはいない。毎回重い気分で別れを告げるのだが、今度は、私以外の三人の体調が悪化、京都まで行けるのは私一人になってしまった。それにコロナで面会も出来なくなり、やっと最近は玄関先で十五分だけ許可されることに。

私も京都までは遠く、一時間半かけて行って十五分だけの面会、次第に足が遠のいてしまった。でも、ずーっと気になっていてまた訪ねようとは思うのだが、もし今度「どなたですか？」なんて聞かれたら、どうしよう？と、会いに行くのも怖い。ごめんね。


もう一人東京で豪華な施設に入った友人がいる。彼女は六十歳過ぎでご主人を亡くされて、一人になったので、早々と入居を決めて移られた。「まだ早いのと違う？」と話していたのだが、兄妹には迷惑をかけたくないし、将来いずれは施設に入ることになるからと、入居した。元華族様とか一流企業の社長など、安心出来る人たちが多く入居しているらしい。入居費は当時で五〇〇〇万円くらい？　あと毎月何がしかかも。受付にはコンシェルジュがいて何でも世話をしてくれる。ジムもあるし、玉突き、絵画教室、写真クラブなどにも参加出来る。もちろん元気だから都内へ出かけるのも自由で、歌舞伎や、コンサートなどへも出かけている。料理は自分でしている。私は何度か訪れ、ゲストルームで宿泊した。居室は広くて、ベランダでは花の栽培もしている。

ある日、関西民放クラブの仲間と、大阪にある豪華な介護ホームを見学した。素晴らしい！　中にはコンビニまであり、ホテルみたいだ。プール、映写室、大きな浴室に、素敵なレストラン。趣味の会も多くあって、カラオケや俳句の会などを楽しめる。部屋も豪華。キッチンもついているし、浴室、バルコニー、外にはきれいな庭！　医者も常時待機している。入居後に病気になった時の介護ルームも完備している。こんなところを見せられたら、利用してもいいなあと思う。だが入居金は1Kでも五〇〇〇万円くらい？それに毎月三十万円くらい必要らしい。したがって入居者も大会社の社長や、奥様方など、別世界の人たち。東京の彼女の施設と同じようだが、規模が大きい。時々部屋が空きましたと案内が来る。ということは、どなたかが亡くなられたのだよね。ここは終の棲家だから。

先日、友人がホームに入居し、是非見学に来てくださいと誘われて、女性四人で訪ねた。最近出来たところだからすべてが新しく、廊下のあちこちにはおしゃれなシャンデリアが釣り下がっている。レストランで昼食をご馳走になった。ここは、介護を必要とする病人も受け入れている。一般的には入居時は元気でないと受け入れてくれない。だが、ここでは、インシュリン注射、認知症、胃瘻、たん吸引、人工肛門などが必要になっても医療支援してくれるそうだ。彼は奥様の体調が悪くなったのでここに決めたそうだ。居室は六十一平方メートルとゆったりしていた。最寄りの駅からも徒歩五分と便利だ。施設内は前に書いたのと同様、至れり尽くせりのアクティビティが用意されている。目の前には大規模な医療センターが建設中だった。

施設のスタッフの説明も受け、我々は質問攻めをしてワイワイガヤガヤ、賑やかである。でも結局先立つものがないよね、が、結論。入居に六〇〇〇万円くらい、ご夫婦二人の利用だから月五十万円ほど必要という。我々はため息をつきながらホームを後にした。

最近は、結婚しない若い人たち、経済的に子どもを作らない若夫婦が多く、人口も次第に減少。これを憂いて子育て、出産、教育費の補助金がどんどん増えている。しかし、どうも高齢者はここでも置いてけぼりの気がする。国民年金だけでは施設にも入れない。昔と違って子どもたちの世話にもなれない。かつては中卒で集団就職のため親元を離れたり、大学へ行けることになっても学費はアルバイトで稼ぐのが当たり前だった。こんな親世代の中には、生活保護金でかろうじて生活している人々のなんと多いことか！　孤独死も多い。私たちも戦後は食糧難に耐え、必死で働き、ようやく老後を迎えたのだ。安心して余生を送りたい。私も夫が六十七歳で死去して以来、遺族年金はゼロ、一円ももらっていない。もう少し高齢者にも目を向けてほしい。何か趣味を持ちたいと思っても月謝が出せないと嘆く友人もいる状況だ。

さて、皆さんはどうされますか？　人生の最後を何処で終えるか、悩ましいテーマである。我が家は戸建てだから、出来たら最後まで家で過ごしたいなあ！　でも寝たきりになるのか、念願のピンピンコロリなのか、この先の人生は誰も分からない。なるようになるさが、私の結論である。

Chapter 17

感動をいつまでも

ふと夜中に思いが浮かんだ。そうだ一年間カナダに留学してみたい。今の体調だと一年なら行けるかも！ カナダは一か月だけ留学の真似事のような体験をしたことがある。その時一度立ち寄ったブリティシュ・コロンビア大学がいいな！

翌朝目覚めて我に返った。なんという途方もないことを考えたのだ。お前は何歳だと思っている？ 出来るはずがないよ。

テレビでチェロの響きに触れ、突然チェロを習いたいなあ、フランス語も習いたい！ 私は時々とんでもない妄想にかられる。

雑誌をパラパラ見ている時、テレビをぼんやり見ている時、街を歩いている時、キュンキュン感動して胸が熱くなる時がある。わあ、あんな絵を描きたい！ あんな陶芸作品を作ってみたい！ あの言葉いい！　メモしなくては！　なんてうつくしい若葉だ！　電車に乗っていても、うわあ、あの若い彼、カッコいい！　旅先で見つけた湧き水の美しさも忘れられない。何処からか聴こえる鳥の声、ピアノの調べ、音楽みたいなイタリア語のリズム、なんでもすぐに感動してしまう。

今年の初夏、友人が大型のモーターボートを持っているので、仲間五人が同乗、初夏の瀬戸内海をクルージングし、家島諸島の男鹿島に一晩泊まって、おいしい魚料理を頂くミニトリップとしゃれこんだ。同行する仲間は、関西民放クラブの黒豆栽培チームである。ボートの持ち主は、八十三歳のテレビ局出身の男性、彼はドローンも操縦し、海原の上を飛ばして動画を撮ってくれる器用な技術マンだ。私も、ボートのハンドルを握って少しだけ操縦の体験をした。明石海峡を越え素朴な島・男鹿島に一軒だけある民宿へ一時間余りで到着。好天で波静か。絶好の船旅だった。待ちに待った夕食でとれとれの魚料理を頂く。この日は瀬戸内海に沈む見事な夕陽がみられ、刻々と色が移り変わる太陽と黄金色に輝く海原を眺めながらの贅沢な食事を堪能した。魚釣りも久しぶりに楽しみ、ガシラやベラを釣り上げては歓声を上げた。潮風を受けて思い切りおいしい空気を吸い込んで、太陽を浴びながら生きている喜びを実感出来る素晴らしいクルージングの旅であった。

「その歳でする遊びではないでしょ!」と、話を聞いた同級生は呆れかえっていた。

何年か前、少しカンツォーネを習ったことがあり、そこでイル・ヴォーロの歌を知り、ユーチューブでチェックした。イル・ヴォーロはイタリアの男性トリオで、オペラ、カンツオーネ、アメリカンポップスなどを歌っている世界で活躍している人気ユニットだ。二〇〇九年、十五歳くらいの少年の頃、イタリアの各地で別々に歌っていたのを見つけたプロデューサーが、三人を組ませてデビューさせた。ユーチューブではその頃のあどけない姿から三十歳になる現在のカッコイイ青年に、歌とともに成長していった様子が見られ、まるで母親になった気分にもなる。今では次世代の三大テノールともいわれていて、ドミンゴとも共演したことがある。

彼らが来日公演をするという情報が入った。日本公演は今年で四回目、二〇二二年に大阪のフェスティバルホールのコンサートに行こうとしたのだが、チケット代が高額なのと誘う人もなく迷っているうちにすぐにソールドアウトになってしまった。そして今年も大阪シンフォニーホールで公演があると知って、今度こそと思ったが、歌舞伎並みの高額、それにオンラインでのチケット販売。どうやって購入すればいいのか分からない。また諦めようとしたが、友達に、「その年でいきたいコンサートがあるなんて最高じゃない。行くべきよ！」と、そそのかされ、知人に頼んで購入した。オペラやクラシックのコンサート以外でチケットを買ったのは初めてかも？

素晴らしかったです。久しぶりに胸キュンでした。持ち歌は「オー・ソレ・ミオ」「グラナダ」「ニュー・シネマ・パラダイスの主題歌」、オペラ「誰も寝てはならぬ」「ノッテ・ステラータ」（羽生結弦さんが使った曲）「マイ・ウェイ」など、よく知っている曲が多い。イタリアの古代遺跡ヴェローナやタオルミナ、日本では清水寺などでも歌っている。外国の画像でも若い人から中高年の男女の客が、うっとりと聞きほれていてファン層は厚い。

恥ずかしながら、久しぶりに乙女になったひと時でした。もしまた来年も来日したら、飛んでいくかも…皆さん！是非是非ユーチューブを見てください。きっとファンになりますよ。

時々、歌舞伎のチケットが手に入ったよと誘ってくれていた女性新聞記者、長居競技場へサッカーを見に行ったり、よくランチをしていた友人たちが次々世を去った。同世代の友人を亡くすのはほんとに辛い。私もそれ以来、歌舞伎も滅多に行かなくなったし、サッカーとも縁遠くなった。友人を亡くすということはこちらの生きざまにもかかわってくる。

だが、しょんぼりしているだけではダメだ。先日関西民放クラブの中に今までなかった女性だけの同好会「すみれ会」を仲間と立ち上げた。男性たちのように飲み会など行かない女性ならではの楽しい企画を考え、まだまだ元気な仲間と有意義に過ごそうというわけである。「アフタヌーンティーに行こうよ、美術館とランチなんてのはどう?」など仲間もどんどん参加してくれそうだ。

歳を重ね、心身ともに衰えていくのは仕方ないことだが、長年蓄えてきた知力、経験、老人力がある。これからも何にでも挑む活力をなくさずに、闊達に生きていきたい。三杯目のハーブティーを飲みながら心豊かに過ごしたいと願っているこの頃である。

あとがき

『ハーブティーを飲みながら』（二〇一四年刊）『ハーブティーをもう一杯』（二〇一五年刊）の二冊を出版して、九年が経ち、まさか三冊目のエッセイを出版するなんて思ってもいませんでした。私も八十六歳になりました。高齢者が増え、高齢者が出版されるエッセイも多く見られますが、殆どが著名人や有名作家の作品であるように思います。それらの方々は、書くことが本職で、裕福で、多くの友人に囲まれ、何不自由のない生活をなさっている方が殆どです。そんな時、私は一市井人として、高齢者の生活や、日頃感じている思い、不安などを書いてみたくなりました。語彙はどんどん不足し、筆力も衰えています。

世はまさにIT時代。シニア世代は、そんな世界からも取り残され、ますます孤独に陥っていきます。友人知人は次々世を去り、施設に入り、配偶者を亡くし、明日の身の心配をしながら暮らしています。このエッセイを読んで、同年輩の方が、「そうだよね」と、相槌を打ってくださり、生ある限り楽しい毎日を送ろうというエールになればうれしいです。

私がこれまでどんな人生を歩んできたか自己紹介を兼ねて記します。

昭和十三年、大阪生まれですから、第二次世界大戦も経験しました。終戦は小学校二年生の時、両親の故郷である京都府綾部市での疎開生活を五年過ごしました。父は新聞記者で、従軍記者として外地への赴任が多く、父と一緒に暮らしたのは小学校六年生になってからです。転校を繰り返し、落ち着いたのは堺市で中学二年生になってから。弟が二人いますが最近長男である弟に先立たれ、大きな柱を失いました。四年制大学への進学は父に強く反対され、近くの帝塚山学院短期大学英文科を卒業、腰かけのつもりで、毎日放送に就職、なんと結局六十歳の定年退職まで在籍しました。仕事内容は殆どテレビ番組の広報関係で、タレントさんや新聞・雑誌記者さんらの取材対応を担当していました。夫は六十七歳で私の退職時に病没、それからは一人で生きてきました。子どもには恵まれませんでした。代わりに夫の妹と同居しています。義妹は一人では生活出来ない人で、両足の大腿骨を骨折して以来、要介護二級の認定を受け、デイサービスやヘルパーさんのお世話になっています。

毎日放送を六十二歳で完全リタイアしてからは、民事調停委員に任命され、八年間勤めました。七十歳が定年です。ここではいろんな世界で働いておられた方々と事件ごとにペアを組み、難題を抱えた中立者の調停にあたりました。法律の勉強もし、司法委員として法廷に立つという驚きの経験もしました。この調停委員としての仕事は、私の人生に貴重な影響を及ぼしました。友人もたくさん出来ました。その仲間とは、今も絵画などの展覧会「調美会」を毎年開催、月一回の散策会にも参加しています。他に同期会や飲み会もあります。

その後、現在も所属している関西民放クラブの会員になりました。このクラブは、関西に在住している民間放送のOB・OGで構成されています。因みに民放クラブは全国にそれぞれのクラブがあり、交流もあります。入会時は四五〇人いた会員が今や二五〇人に減少しましたが、囲碁、コーラス、俳句・川柳、散策、落語の会など二十の同好会があり、友好を深めています。会報の編集委員もしていました。私はその中で理事という立場にもなり、今年の春に退任するまで、色んな役目もあって忙しくしていました。もちろんボランティアです。今でも、写真同好会、落語を楽しむ会、散策同好会、春・秋の懇親会などを楽しんでいます。このクラブでも素晴らしい友人たちに恵まれ、まさしく老後の人生を有意義に過ごしています。

こんなことを書くとなんだ、自分だって恵まれた生活をしているではないかと思われるでしょうが、数々の辛苦を乗り越え、懸命に努力して、まじめに生きて、勝ち取ってきた成果だと自負しています。もちろん運や友人に恵まれたことは否めません。

健康で、今のところ認知症もなく、まだ歩くことが出来、家での食事も自分で作れる。こんなことが、一番幸せだと感じている毎日です。

この本は亡き弟に読んでほしかった。彼も名文家でした。もう一人の弟もノンフィクションの伝記を書き始めています。父は毎日新聞社を退職したあと、仲間と同人誌を出していましたし、母も俳句の句集を二冊出しました。

毎日放送の大先輩辻一郎さんには前の二作に続いて今回も多くのご助言を頂き、背中を押していただきました。また前作同様、表紙やカット絵、写真は、自作品を使いました。

出版にあたっては初めてせせらぎ出版さんにお世話になり、無知な私を応援していただきました。感謝です。

二〇二四年九月一日

上村　十三子

Profile

上村 十三子

Tomiko Kamimura

1938年 大阪生まれ
毎日放送に入社。
広報部に所属して、多くのテレビ番組の広報宣伝を手がける。
1996年から2000年まで雑誌『あまから手帖』社外取締役
2000年から2008年まで民事調停委員
2010年から「関西民法クラブ」理事
2014年『ハーブティーを飲みながら』、2015年『ハーブティーをもう一杯』のエッセイ2冊を出版
大阪市在住

ハーブティーは三杯目 ―86歳のラブレター―

2024年10月1日　初版第1刷発行

著　者　上村 十三子
発行者　岩本 恵三
発行所　株式会社せせらぎ出版
https://www.seseragi-s.com
〒530-0043
大阪市北区天満1-6-8
六甲天満ビル10階
TEL. 06-6357-6916　FAX. 06-6357-9279
印刷・製本　モリモト印刷株式会社

ISBN 978-4-88416-312-9 C0095